비움과 채움

비움과 채움

펴 낸 날   2022년 10월 21일

지 은 이   정운복
펴 낸 이   이기성
편집팀장   이윤숙
기획편집   서해주, 윤가영, 이지희
표지디자인   서해주
책임마케팅   강보현, 김성욱
펴 낸 곳   도서출판 생각나눔
출판등록   제 2018-000288호
주   소   서울 잔다리로7안길 22, 태성빌딩 3층
전   화   02-325-5100
팩   스   02-325-5101
홈페이지   www.생각나눔.kr
이 메 일   bookmain@think-book.com

• 책값은 표지 뒷면에 표기되어 있습니다.
  ISBN 979-11-7048-461-5 (03810)

정운복 지음

정운복과
함께하는
힐링
에세이

비움과 채움

인생은 영겁의 세월 속에 잠시 스쳐 지나가는 바람입니다.
세상을 살아가는 동안에 가장 중요한 것은 채움이 아니라 비움이며,
받고자 하는 욕망이 아니라 베풀고자 하는 사랑입니다.

생각나눔

세상은 비움과 채움으로 이루어져 있습니다.
사람 대부분은 비움보다는 채움에 관심이 많습니다.
하나라도 더 채우려고 인생을 허비하는 것이 인간입니다.

하지만 덜어내고 내려놓을 때 우린 행복을 느낄 수 있습니다.
오래된 가구를 내놓으며
넓어진 공간에 대한 행복을 느끼듯이 말이지요.
논에도 항상 물이 그득하면 벼가 잘 자랄 것 같지만
가끔 물을 빼고 논을 비워야 벼가 튼튼해지고
풍성한 수확을 담보할 수 있습니다.

항상 햇살 좋은 날씨만 계속된다면 사막이 될 수밖에 없습니다.
우린 비움 연습을 통해 삶을 채울 필요가 있습니다.
욕심은 비우고 사랑은 채워야 합니다.

삶 앞에 좀 더 겸손해지기를 바라는 소망으로
책을 세상에 내어놓습니다.

2022년 10월

저자 정윤복

| 차 례 |

제3장_ 흐르는 강물처럼

제4장_ 삶의 방향

제1장

채움과 비움

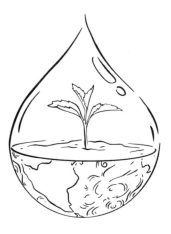

인생은 영겁의 세월 속에 잠시 스쳐 지나가는 바람입니다. 그러니 세상을 살아가는 동안에 가장 중요한 것은 채움이 아니라 비움이 며, 받고자 하는 욕망이 아니라 베풀고자 하는 사랑입니다.

성 안 사람들과 성 밖 것들

부르주아라는 말이 있습니다.

번역하면 '성 안 사람들'이란 의미입니다.

성의 안쪽에 살고 있으니 부와 권력을 가진 사람들입니다.

그 반대말은 프롤레타리아입니다.

노동력 이외에는 생산 수단을 갖고 있지 못한 노동자를 의미합니다.

우리 사회에서도 성 안 사람들과 성밖의 사람들은 차별이 많았습니다.

주로 귀족이나 권문세가들이 성 안에 살고 있었고

평민이나 천민은 성 안에 살 권리가 없었지요.

우리나라 도성의 구조를 보면

북쪽에 왕이 거처하는 대궐이 있습니다.

그래서 왕 노릇하는 것을 남면지락(南面之樂)이라고 표현했지요.

남쪽을 향한 즐거움이란 의미이니

본인은 북쪽에 앉아 있다는 이야기가 됩니다.

의주로 귀양 가는 선비는

지리적으로 왕이 한양인 남쪽에 있는데도 불구하고

왕을 향해 북향재배(北向再拜)합니다.

왕은 항상 북쪽에 있는 존재라는 것을 잊지 않았기 때문입니다.

성의 안쪽과 바깥쪽에 대한 차별도 심했지만
성밖에도 차별이 존재했습니다.
주로 사정이 나은 사람들은 북쪽에 기거했습니다.
그 흔적이 북촌이니 한옥마을이니 하는 공간으로 남아있지요.

힘없고 가난한 사람들은 남쪽으로 쫓겨났습니다.
남산골샌님이라는 표현이 있습니다.
그것을 수필화한 것이 이희승님의『딸깍발이』지요.
딸깍발이는 일상생활에 신을 신이 없어서
마른날에도 나막신을 신는다는 데에서 온
가난한 선비를 이르는 말입니다.

성 밖에 살고 있으면서 성 안 사람들에 종속되어 지배받는 사람들.
아무런 특권 없이 성 안 사람들을 위하여 봉사해야 하는 불평등을
당연시하는 사람들,
이들이 때론 성 안으로 들어가려 하지만 대부분은 문 앞에서 거부당
하게 됩니다.
사회적인 제도가, 부의 불평등이, 권력의 편차가 벽으로 다가오는 경
우가 많기 때문이지요.
욕망을 거세당한 성밖 사람들은 좌절과 절망을 느끼게 됩니다.

세월이 많이 흘러 성의 안과 밖을 구분 짓는 담장은 허물어졌지만
아직도 보이지 않는 벽들이 존재합니다.

채움과 비움

성 안 사람들이라고 자부하면서 성밖 것들이라고 깔보지 않는 사회

높은 벽만큼이나 절망을 느껴야 하는 성밖 사람들이 줄어드는 사회

이런 것이 현실화되는 보편적 복지사회를 꿈꾸어 봅니다.

||||||
삭 발

엊그제 야구를 보다가 삭발한 선수들의 모습을 보았습니다.

우리는 종종 스포츠 스타나 시위 현장에서 삭발 의식을 거행하는 것

을 봅니다.

삭발의 진정한 의미는 외형적인 변화에 있는 것이 아니라

내적 의지의 확인일 수 있습니다.

불가에서 여자 스님인 비구니도 머리를 깎습니다.

왜냐하면 불가의 계율에 출가 수행자는 삭발염의(削髮染衣)라는

율문이 있기 때문입니다.

　*삭발염의: 머리를 깎고 물들인 옷을 입는다.

얼굴에서 가장 다루기 쉬운 것이 머리털입니다.

나머지는 페인팅을 통해 그럴듯하게 포장할 수는 있어도

근본적인 형태를 바꾸기는 불가능합니다.

그러니 멋스럽게 보이기 위해서는 헤어 스타일을 잘 관리해야 합니다.

그런데 겉모습에 집착하다 보면 자신의 마음을 가꾸는 데 소홀할 수밖에 없습니다. 그래서 불가에서는 머리카락을 번뇌초(煩惱草) 또는 무명초(無明草)라고 불렀습니다.

우리 마음에서 번뇌와 어두움이 자라게 하는 대상이라는 것이지요.

즉, 삭발은 탐욕과 자만으로 가득 찬 자신을 버리고 맑고 깨끗한 깨달음을 얻고자 하는 일관된 노력이라는 것을 알 수 있습니다.

고시촌에 들어가는 학생이 결연한 의지로 머리를 깎습니다.

번잡한 마음을 비우고 형식의 겉치레를 벗어던지고

오로지 공부에만 전념하겠다는 의지의 표현입니다.

머리를 깎는다는 것은 결국 자신을 낮추는 것입니다.

대립과 갈등 속에서 나를 내려놓는 것이지요.

모든 문제의 출발이 나로부터 시작된 것이니

나를 변화시켜야 하는 절박함이 묻어나는 것입니다.

어쩌면 머리를 깎는 행위는 대단한 결심의 발로일 수 있습니다.

우리에겐 삭발까지 가지는 않더라도

스스로 덜어내는 행위를 통하여 자신을 낮추어가는 것이 필요합니다.

세상엔 잘난 사람이 너무 많아서 슬픈 게 현실이거든요.

채움과 비움

||||||
채움과 비움

장자 천지 편에는 화봉삼축(華封三祝)이란 이야기가 나옵니다.
어느 날 요임금이 화(華)지역을 순방할 때 관리가 말했습니다.
"부디 장수하시기 바랍니다."
요임금은 "됐습니다. 뜻은 좋으나 사양하겠습니다."라고 대답했지요.
관리는 다시 "부유하시기를 축원합니다." 하니,
요임금은 "됐습니다."라고 또 사양했습니다.
이번엔 "아들이 많으시기를 축복합니다." 했더니,
요임금은 "됐다니까요." 하면서 마지막까지 물리쳤습니다.

의아한 관리에게 요임금은 이렇게 말씀합니다.
"아들이 많으면 걱정이 많아지고 부자가 되면 귀찮은 일이 많으며
장수하면 욕됨이 많아집니다. 이 세 가지는 덕을 지킬 수 없는 것이기
에 사양한 것입니다."

마음이 원래부터 없는 사람은 바보이고
가진 마음을 버리고자 하는 사람은 성인입니다.

초여름 가뭄이 농심을 애타게 합니다.

물론 논엔 물이 그득그득해야 벼가 잘 자라고 풍성해 보입니다.

하지만 가끔은 논의 물을 빼 주어야 합니다.

그래야 벼가 튼튼해지기 때문입니다.

살펴보면 논에 물을 채워야 할 때가 있고 비워야 할 때가 있습니다.

욕심과 집착은 채움의 영역으로 더 많은 것을 갈망하게 합니다.

하지만 겸허하게 내려놓는 것엔 비움의 넉넉함이 존재합니다.

장자는 비움을 위하여 심재(心齋)와 좌망(坐忘)을 이야기합니다.

심재는 모든 것을 비우고 마음으로 상대방과 소통하는 것이며

좌망은 앉아서 세상을 잊으라는 것입니다.

마음을 진공으로 만들어 헛되고 과도한 욕망에서 자유로워지라는 의미이지요.

인생은 영겁의 세월 속에 잠시 스쳐 지나가는 바람입니다.

그러니 세상을 살아가는 동안에 가장 중요한 것은 채움이 아니라 비움이며, 받고자 하는 욕망이 아니라 베풀고자 하는 사랑입니다.

채움과 비움

일상여행

일상이 번거롭고 왠지 모르게 허허롭다면
조용히 일상을 접고 집 주변 가까운 산이나 오솔길을 산책하는 것이
좋습니다.
그냥 갔다 오는 데에 목적을 두어 정신없이 앞만 보고 걷는 것이 아
니라, 발길 닿는 대로 눈길 가는 대로 관심을 가지고 찬찬히 돌아보아
야 합니다.

아주 익숙하던 풍경이라도 하더라도
자세히 보면 모든 것이 새롭게 다가옵니다.
풀들의 작은 몸짓, 존재는 보이지 않더라도 청아하게 들려오는 새소리
바람이 스치는 소리, 훌쩍 커버린 이름 모를 잡초….
정감 어린 눈으로 바라보면 그들의 신비가 따뜻하게 다가옵니다.

여행이란 거창하게 출발하는 것도 의미가 있겠지만
내 주변을 소소하게 둘러보는 것
아무런 준비 없이 마을길이나 짧은 등산로를 거닐어보는 것만으로도
마음속 번뇌에 대한 치유를 받을 수 있습니다.

다만 길 위에 있는 모든 것에게
마음을 활짝 열고 다가가는 열림이 필요하고

오래 보아야 예쁘다고 이야기한 어느 시인의 말처럼
여유를 가지고 주변을 돌아보아야 합니다.

어쩌면 삶의 고통을 치유하고 어루만져주는 것에는
자연만큼 좋은 것이 없습니다.
과학적 근거인 피톤치드를 언급하지 않는다고 하더라도
숲에 들어가면 영혼의 안식 같은 편안함을 느낄 수 있으니까요.

코뚜레, 멍에, 고삐가 인공이라면
느릿한 걸음걸이, 그늘에서의 되새김질, 여유 있는 삶이야말로
자연일 테니까요.

오래 보아야 예쁘고 자세히 보아야 아름답습니다.

|||||||

여여당(如如堂)

우리는 모르는 것이 너무 많습니다.
공부를 많이 하여 박사 학위를 받은 사람이나
학교 문턱에 가 보지도 못한 촌로나
죽음 이후의 세상을 모르는 것은 마찬가지입니다.

채움과 비움

죽음 이후의 세상만 그러한 것이 아니지요.
우리는 어디서 와서 어디로 가는지 알 수도 없을 뿐더러
삶이라는 기차가 언제 멈춰 설 지도 알 수 없습니다.

세상의 지식은 끝없이 늘어가고 있는데
한정된 지역에서 우물 안 개구리처럼 자기 경험치밖에
이해하지 못하는 삶의 모습도 갖고 있습니다.
왜 그러한지 의문만 무성할 뿐 어디에도 정답은 없습니다.

그저 밥그릇에 함몰된 묶인 견공(犬公)처럼
오늘 욕심을 채우려고 발버둥 치며 살아온 삶은 아니었는지
살아온 세월을 반추해봅니다.

여여(如如)란 말씀이 있습니다.
분별이 끊어져 마음의 작용이 일어나지 않는 상태를 의미하기도 하고
있는 그대로의 대상이 파악되는 마음 상태여서
차별을 떠난 진여(眞如)의 세계를 의미하기도 합니다.

세월이 지나
나만의 서재를 가질 수 있다면 당호를 여여당(如如堂)이라고 짓고 싶
습니다.
분별없는 세상에서 그나마 이름이라도 그렇게 지어야
좀 더 내려놓은 여유를 즐길 가능성이 크기 때문입니다.

여유라는 것은 남에게서 선물받을 수 있는 것이 아니라
자기 내면에서 가꾸어야 하는 넉넉함이니까요.

||||||
공유하며 즐기기

팔월은 과정에 충실한 계절입니다.
모내기를 한 것이 어제인 듯한데 벌써 실한 이삭을 내밀고
여름을 인내한 과일은 스스로 속살을 찌우고 있습니다.
강낭콩은 줄기를 있는 대로 뻗어 빨간 꽃을 매달고 있고
마당 앞 대추나무엔 어느새 파란 대추가 주렁주렁합니다.

푸름 속에서 폭포수처럼 쏟아지는 햇살이 눈부셔
숲에서 숲과 하나가 되어 살고 싶다고 생각합니다.
산에 조금만 올라가도 온갖 자연의 소리가 들립니다.

산비둘기의 울음소리
소쩍새와 뻐꾸기가 들려주는 한낮의 사랑 노래
갈참나무 가지에 앉아 안식을 노래하는 직박구리까지
자연이 만들어 놓은 가감도 없고 꾸밈도 없는 소리는
세상의 그 어떤 아름다운 선율보다 아름답습니다.

채움과 비움

지금은 자연은 순수 그대로의 모습으로
주어진 환경 속에서 끊임없는 성장을 할 때입니다.
하지만 도시 근교의 숲길을 다니다 보면
안타까운 마음이 들 때가 한두 번이 아닙니다.

맑은 공기와 청정한 자연을 즐기면 그뿐인 것을
마구잡이로 훼손하고 함부로 밟아서
몸살을 앓는 숲의 모습을 쉽게 볼 수 있기 때문입니다.
우리에게 귀한 것을 베풀어주는 숲인데
받기만 하고 되돌려주는 것을 알지 못함은
그 또한 배은망덕(背恩忘德)임을 깨달을 필요가 있습니다.
배은(背恩) 하나만 해도 보아주기 어려운데
망덕(忘德)까지 하면 안 되는 것이지요.

햇볕, 바람, 비가 만들어준 풍성한 자연
온갖 생명을 함께 공유하며 즐기는 것의 아름다움을 헤아려봅니다.

||||||

얼굴 책임지기

현대 의술의 발달이 놀랍습니다.
몇 년 만에 본 친구의 얼굴이 너무나 달라져서 놀랐습니다.

옛날에는 언청이도 있었고,
논밭에서 일하다 다친 상처가 있는 사람들도 많았지만
요즘은 의술이 발달해서
웬만한 흉이나 흠집은 성형을 통해 이전보다 더 예쁜 모습으로
만들어 놓습니다.

보이지 않는 곳의 흉터는 옷으로 가리고
화장으로 감추어서 남들이 잘 알아보지 못하는
참 좋은 세상이 되었습니다.

겉으로 보이는 모습은 성형이나 화장으로 고치고 감출 수는 있지만
사람이 살아온 삶의 흔적은 아무리 감추려고 해도 감추어지지 않습
니다.
사람과의 관계 속에서 오고 가는 정보나 소문 속에서
과거가 쉽게 정리되는 것이 아니며,
오랫동안 몸에 밴 습관으로 삶의 자취가 나타나기 때문이기도 합니다.

사랑에 빠져 있는 사람의 행복과
터져 나오는 재채기는 숨길 수 없다는 말씀이 있습니다.
마찬가지로 피하거나 지우고 싶어도 그리되지 않는 것이
내 삶의 흔적입니다.

평생을 살면서 일기를 매일매일 쓰지 않는다고 하더라도

채움과 비움

내 삶의 흔적이 인멸되는 것이 아닙니다.
그것은 고스란히 얼굴에 담겨 나타나게 되지요.

나이 사십이 지나면 자신의 얼굴에 책임을 져야 한다는
말씀이 있고 보면
오늘을 열심히 더불어 사랑하며 살아야 함을 느낍니다.

||||||
비행기는 역풍을 받아 이륙합니다

1983년 5월 5일 중국 민항기 춘천 불시착 사건이 일어납니다.
당시에 실제 전쟁 상황인지 알고 많은 사람이 공포에 떨었던 사건이
지요.

그 당시만 해도 우리와 중국은 국교가 없었기 때문에
미군이 주둔하고 있는 춘천 Camp page에 착륙시키지요.
춘천 비행장은 전투기 전용으로
활주로 길이가 짧아 민간 항공기의 이착륙이 불가능합니다.

가까스로 착륙은 시켰는데….
비행기가 중국자산이라 돌려보내야 하는데
이륙시킬 일이 큰일이었습니다.

춘천에 반듯한 4차선 도로가 있어 비행기를 이륙시킬 만한 곳도 없고
활주로는 짧기 그지없고….

궁여지책으로 비행기의 무게를 줄여 이륙하기로 합니다.
탑승객 105명은 버스 편으로 김포로 향했고
무게가 나갈 만한 물건은 모두 내려 트럭에 실었지요.
심지어 의자까지도 떼 내어 실었습니다.

그리고는 근화동 주민을 대피시키고
가까스로 이륙에 성공합니다.
그때 저는 한 가지 의문이 있었습니다.

사람이 거의 살지 않는 소양2교 방면으로 이륙한 것이 아니라
인구 밀집 지역인 근화동 방향으로 이륙을 시도한 것이 그것이지요.

나중에 안 사실이지만
비행기는 순풍이 아니라 역풍을 타고 이륙해야 합니다.
그래야만 양력이 풍부히 생겨 중력을 박차고 이륙할 수 있는 것이지요.

우리네 인생도 역풍을 잘 이용할 수 있어야 합니다.
'위기 상황에서 더욱 빛을 발할 수 있는 것.'
그것이 훌륭한 리더가 갖추어야 할 덕목이지요.

채움과 비움

학부모의 착각

머리는 좋은 데 노력하지 않는다.
우리 아이는 괜찮은데 친구를 잘못 사귀었다.
우리 아이는 영재이며 천재이다.

아이를 앞에 놓고 사랑이 지나친 나머지
학부모로서 착각에 빠지기 쉬운 것들입니다.

저도 어린아이를 키우던 시절이 있었습니다.
태백에 살 때 도시도 낯설고 아는 사람도 없어
아내는 아이와 함께 한글카드 놀이에 심취하였습니다.
아이가 걸음마도 제대로 하지 못하고 말도 하지 못할 때
그림이 아닌 한글을 늘어놓고 글자를 말하면
아이가 엉금엉금 기어가 글자를 찾아오곤 했습니다.

세 살이 되었을 때 한글은 물론 한자도 500자를 습득하고 있었지요.
내 아이가 최고이고 영재인 줄 알았습니다.
그 나이에 누군들 노력하면 가능한 일이라는 것을
내 아이를 옆에 두고 깨닫지 못한 게지요.

저도 생각해보면 열 살 이전의 기억이 별로 없습니다.

너무 어렸을 때 배운 지식은 금방 잊힌다는 사실을 알지 못했습니다.
시골이라 변변한 학원이 없었기에 망정이지
유난 떨며 조기교육에 선행학습에 나섰을는지도 모를 일입니다.
지금 생각하면 아찔한 일이지요.
아이에겐 스스로 생각하고
스스로 판단하고
스스로 상상하는 능력과 습관이 중요합니다.

초반 10km를 무리하는 마라토너에게 완주를 기대할 수 없습니다.
세상을 움직이는 인재는 호기심과 상상력 창의력을 갖춘 사람이지
지적 암기력이 높은 사람이 아니라는 사실을 깨닫는데
너무나 많은 시행착오와 세월이 걸렸습니다.

학부모의 착각~,
쉽게 빠질 수 있는 것이기에 더욱 조심해야 합니다.

||||||

행복은 성적순

인디언 잠언에는 이런 말씀이 있습니다.
"한 아이를 잘 키우려면 온 동네 사람들의 노력이 필요하다."

채움과 비움

교육이라는 명제를 앞에 놓고 나면
학교라는 공적 기관에 무작정 맡겨 놓고
가정과 사회는 슬그머니 뒷전으로 숨는 경우가 많습니다.

그리고 학교에서 시험이라는 결과물로 받아든 숫자로 이루어진
석차에 관심이 만발하지요.
그 숫자는 바로 비교의 대상이 되고
그 결과는 아이들에게 비수로 돌아가는 경우가 많습니다.

무언가를 숫자로 만들면 바로 크기가 정해집니다.
그리고 그 정체성의 가치 위에 숫자가 군림하게 되지요.
성실성이나, 건전성, 인간성은 수치로 만들기 어렵습니다.
세상을 살아가는데 성적의 수치보다 더 중요한 것인데 말입니다.

대학 졸업 후 사회생활을 하면서
단 한 번도 중, 고등학교 때 전교 등수가 몇 등이었는가로 평가받은
적이 없습니다.
그러나 살아가면서 축적된 사람 됨됨이와
노력을 통한 성실성은 늘 관심의 표적이 되어 왔습니다.

학교 교육을 어렵게 하는 것 중의 하나는
숫자로 대변되는 석차와 등급의 함정에 있습니다.
학부모와 상담해 보면

아이의 정서적이고 인간적인 품성 이야기는 외면한 채
오로지 어떻게 하면 등수를 올릴 수 있을까에 함몰된 모습을 봅니다.

행복은 성적순이 아니라는 말씀이 있듯이
인격도 성적순이 아니고
성공도 성적순이 아니며
권력이나 재물을 모으는 것도 결코 성적순이 아닙니다.

인지구조만 발달한 차가운 사람을 기를 것이 아니라
배려하고 사랑하는 가슴이 따뜻한 사람을 길러야 하는 이유입니다.

||||||

약점 노출하기

사람은 누구나 남에게 보이기 싫어하는 모습들이 있습니다.
특히 그것이 자신의 약점과 치부로 이어지면
더욱 그러할 가능성이 크지요.

자기 자랑에 심취해 있는 사람은
실은 내세울 게 너무 없어 자신감이 결여된 사람일 수 있고
유식한 척 떠드는 사람은
공부를 못하는 트라우마를 가진 사람일 수 있고

채움과 비움

있는척하며 허세를 부리는 사람 뒤에는
쥐뿔도 없는 가난이 자리하고 있을 수 있습니다.

사람은 누구나 강점을 드러내고 약점을 감추고 싶어 합니다.
그러나 뒤집어 보면 약점을 보일 수 있어야 성장할 수 있습니다.

저는 우연한 기회에 컴퓨터 강사를 시작했습니다.
그 세월이 15년이 넘어가고 인지도가 쌓이다 보니
남에게 물어보는 것보다 알려주는 것이 많은 생활에 젖어 살았고
어쩌면 알량한 자존심 때문에 남에게 물어보는 것이
어색해지기 시작했습니다.

남에게 물어보면 쉽게 처리할 수 있는 일을
책과 인터넷을 뒤지고 잊혀가는 기억을 헤집고….
일을 처리하는 데 많은 시간과 정력을 소비하고 있는 자신을 발견했
지요.
세월이 지나고 보니 오히려 그런 것들이 자연스러움을 잃게 하고
삶의 진정성을 저해하는 요소였음을 깨닫습니다.

약함을 인정해야 합니다.
모르는 것을 자신 있게 물어볼 수 있어야 합니다.
모르는 것이 수치지 물어보는 것이 수치가 아니기 때문입니다.

이스라엘 최초의 여성 총리인 메이어의 자서전에는 이런 글이 적혀
있습니다.

"내 얼굴이 못난 것이 다행이었다.

내가 못났기에 열심히 기도했고 공부했다.

나의 약함은 이 나라에 큰 도움이 되었다."

제가 가장 좋아하는 글이 불치하문(不恥下問)입니다.

그게 잘 지켜지지 않아 문제이긴 하지만요.

*不恥下問: 아랫사람에게 묻는 것은 부끄러운 일이 아니다.

|||||||

산수유 열매가 익어가는 계절

교정에 산수유나무가 많습니다.

이른 봄 화사한 노란 색으로 마음을 설레게 하더니

팔월의 염천 속에서 키운 열매가

길쭉하게 풍요로움으로 매달려 있습니다.

눈에 띄지 않다가 어느 날 갑자기 보이는 것들이 있습니다.

은행도 가을에 익어 떨어지기 전까지는

전혀 주목받지 못하고

코스모스도 꽃을 이고 있기 전에는

채움과 비움

세인의 눈길을 받기 어렵습니다.
실한 열매를 매달고 있는 산수유도
익기 전에는 사람의 이목을 끌지 못합니다.

하지만 이들은 어느 순간이든 꾸준히 성장하고
열매를 보듬어 키워온 것입니다.
그런 과정들이 열매의 풍요로움으로 나타나는 것이지요.

드러난 외연으로 평가받는 자기와
내면에 충실한 자기가 충돌할 때가 있습니다.
외연과 내면은 그 의미가 반대되는 것 같아도
실상은 둘이 아닌 하나입니다.

열매를 위하여 끊임없이 노력하는 식물들처럼
자기 내면을 꾸준히 갈고 닦으면
그 아름다움이 외연으로 나타나게 되어있는 것이니까요.

톨스토이는 이런 말을 남겼습니다.
"나이가 어리고 생각이 짧을수록 물질적이고 육체적인 삶이 최고라고
여기는 법이며,
　나이가 들고 지혜가 자랄수록 정신적인 삶을 최고로 여기는 법이다."

사람이 처음 만나면 내면의 빛을 보기가 쉽지 않습니다.

하지만 만남을 지속하기 위해서는 안을 살필 필요가 있습니다.

내면이 외연을 지배할뿐더러 안에 그 사람의 미래가 들어있기 때문입니다.

||||||

익자삼우

뱀장어는 뱀과 흡사합니다.

누에는 털 없는 벌레에 불과하지요.

사람은 뱀을 보면 간담이 서늘하고

털 없는 벌레를 보면 소름이 돋습니다.

그런데 어부는 뱀장어를 손으로 만지고

아낙네는 누에를 태연히 다룹니다.

그 이유는 징그럽지 않아서가 아니라

이익이 동반되기 때문입니다.

ㅡ한비자ㅡ

현대사회에서 사람을 움직이는 가장 큰 힘은

이익임에는 틀림이 없습니다.

이익이 존재하면 불의도 마다하지 않는 것이

우리 인간의 속성이니까요.

채움과 비움

옛날 신하가 임금을 섬기는 가장 큰 이유는
충성심의 발로일 수도 있겠지만
군주에게서 받는 이익이 크기 때문입니다.

군자는 이익을 자신에게서 구하고
소인은 이익을 남에게서 구한다는 말씀이 있습니다.
어쩌면 올바름을 추구하는 데 이익이 걸림돌이 된다고 생각하는 사람도 많습니다.
하지만 이익에는 사악함이 들어있지 않습니다.
불편부당한 방법을 통한 이익이 문제가 되는 것이지요.
우린 모두에게 이익이 되어야 합니다.

공자는 모름지기 익자삼우(益者三友)를 이야기합니다.
友直 友諒 友多聞 益矣(우직 우량 우다문 익의)
정직하고 솔직한 벗(直)
본인의 소신으로 남의 의견도 살피는 벗(諒)
견문이 넓어 많이 아는 벗(多聞)….
이 셋이 이익이 되는 벗이라는 것이지요.

||||||

틀림과 다름

사람마다 관심이 다르다고 하는 것은 특별함입니다.
술을 좋아하는 사람에게 길을 물으면 이렇게 답할 겁니다.
저 앞에 보이는 대폿집 있지요?
그 코너를 돌아 50미터쯤 가면 맥줏집이 보일 겁니다.
그쪽으로 죽 가면 되지요.

*대포(大匏): 큰 바가지에 담긴 술

미용실 주인에게 길을 물으면 이렇게 답하지요.
저 앞에 머리방 보이지요?
그쪽으로 죽 가서 왼쪽으로 틀면 헤어숍이 나오고요
그 맞은편 50미터쯤 가면 됩니다.

동그라미를 보았을 때
교사는 맞는 답안 채점의 표시로 이해할 수 있고
승려는 윤회로 얽혀있는 세상으로
무언가 염원하는 사람은 승낙의 표시로
택시 운전사들은 기사들 모임으로
인생론자는 삶을 둥글게 살아야 한다는 의미로
천문학자는 별의 궤도로
욕심쟁이는 내 재물의 뒤에 붙어야 할 그 무엇이라고 이해하기 쉽습니다.

채움과 비움

목사의 처지에서 보면 교회가 잘 보일 것이고
의사의 처지에선 병원이 쉽게 눈에 띄고
교사는 학교가 특별해 보이고
범죄자는 경찰서가 잘 보이게 됩니다.
이는 모두가 자기 관점에서 바라보기 때문입니다.

이를 정리하면 남이 틀린 것이 아니고
나와 다를 뿐인 것이지요.
그래서 사랑이란 둘이 한 곳을 바라보는 것입니다.

다름을 인정한다면
사람은 비판의 대상이 아니라
이해의 대상이라는 것을 깨달을 수 있습니다.

||||||

가운데 처하기

읍참마속(泣斬馬謖)이라는 말과 병가지상사(兵家之常事)란 말이 있습니다.
이 둘은 전쟁에서 지고 돌아온 장수에 대한 대처방식이란
공통점이 있지만, 그 결과는 사뭇 다릅니다.

읍참마속은 제갈공명의 부하 장수인 마속이 자신의 계책대로 하지 않아 전쟁에서 패하고 돌아오자 사랑하는 장수인 마속을 군령대로 베고 울었다는 고사에서 유래합니다.

하지만 역사의 승자인 조조는
부하 장수 조인이 3만의 군사로 3천에도 못 미치는 유비에게
패하고 돌아왔을 때 '병가지상사'라고 이야기하고 처벌하지 않습니다.

읍참마속은 지휘관으로서 부하를 다스리는 데 엄격함을 보여준 사례이고, 병가지상사는 부하의 실수에 대해 관대함을 보여준 사례입니다.
조직을 이끌 때 너무 엄격하면 부하들의 의사소통 능력이 부족하기 쉽고 지휘관의 독선에 빠지기 쉽습니다.

하지만 너무 관대하고 자유스러우면 부하를 통솔하는데 체계가 무너지기 쉽다는 문제가 생기기 마련이지요.

그래서 중간에 처하는 것이 중요합니다.
강하면서 부드러운 중용이 필요한 것이지요.
어쩌면 중용을 다른 말로 이야기하면 합리일 수 있습니다.
합리란 이치에 맞게 생각하고 행동하는 것을 의미하니까요.

로마신화에 이카로스가 나옵니다.
감옥에 갇힌 이카로스는 새의 깃털을 벌꿀로 붙여서 날개를 만듭니다.

채움과 비움

탈옥에 성공한 이카로스한테 아버지는 이렇게 말하지요.

"너무 높게 날면 태양열로 벌꿀이 녹아 떨어질 것이다.

또한, 너무 낮게 날면 바다의 습기가 날개에 차서 무거워 떨어질 것이다. 그러니 적당하게 날아야 한다."

그런데 밖에 나온 이카로스는 너무 신이 났습니다.

결국, 너무 높이 날다가 태양열에 의해 벌꿀이 녹으면서 떨어져 죽습니다.

그래서 이카로스의 날개는 중용을 뜻하는 것입니다.

중용의 도를 지키면서 합리적으로 살아가는 것

쉽지 않은 일이지만 참으로 중요한 일입니다.

||||||

사랑과 장수

아프리카 인디언 부족에겐 나이의 개념이 없습니다.

달력이 없을뿐더러 시간을 셈할 방법이 없기 때문이지요.

그러나 그들 나름대로 세월을 지낸 것에 대한 서열이 존재하고,

자연의 이치를 받아들여 늙으면 세상을 떠날 준비를 합니다.

우리 조상들은 오래 사는 것에 대한 염원이 대단했습니다.

자주 사용하는 가구나, 패물에 즐겨 사용하는 글자가 壽(목숨 수) 자이니까요.

"비록 개똥밭이라고 하더라도 이승에서 구르는 것이 낫다."라는 속담도 있습니다.

두보가 표현한 나이의 최고령은 70입니다.

그 70을 고희(古稀)라고 표현했지요.

글자 그대로 해석하면 '예로부터 아주 드는 일'이 됩니다.

그러니 그 당시 80 이후의 일을 상상한다는 것은 쉬운 일이 아니었을 것입니다.

그리고 기혼자들이 오래 산다는 말이 있습니다.

그 말은 일리가 있어 보입니다.

사랑하면 긍정의 호르몬이 인간의 수명을 연장해주기 때문입니다.

혼자 살아간다고 하더라도

주변을 사랑하고 따뜻하게 보듬어주고

관심 속에서 행복을 누릴 수 있어야 합니다.

우리는 '얼마나 멋스럽게 살았느냐.'엔 관심이 없고

오로지 '얼마나 오래 사느냐?' 하는 문제에 함몰되어 있습니다.

멋스럽게 살아가는 것은 자신이 해낼 수 있는 일이지만

오래 사는 것은 자기 능력 밖의 일인데도 말입니다.

채움과 비움

만약 사랑이 없다면
장수라는 수프를 앞에 두고
포크밖에 없는 사람의 처지에 놓일 수 있음을 생각해야 합니다.

개구리와 거북이

개구리가 동해의 거북에게 이렇게 말했습니다.

"나는 언제나 즐겁다네. 우물 난간에 폴짝거리며 노닐다가 피곤하면 깨진 우물 벽에 들어가 쉬며 물속에선 겨드랑이로 헤엄치다 피곤하면 턱을 물 위에 내놓고 쉬나니 위험하면 뻘 속에 뛰어들어 몸과 발등을 숨긴다네.

주변을 둘러보니 나만 한 장구벌레나 올챙이, 게가 어디 있으리. 게다가 웅덩이며 우물을 독차지한 즐거움이란 더할 나위 없는 것…. 자네, 이리 와서 이 세상을 함께 즐겨보세."

그 권유에 따라 동해 거북이가 우물 속으로 들어가려 했습니다.
하지만 왼쪽 발을 내려놓기도 전에 오른쪽 무릎이 걸렸습니다.
발을 도로 빼낸 거북이는 미안해하며 바다에 대해 들려주었지요.

"바다는 천 리로도 그 넓이를 재지 못하고
천 길로도 그 깊이를 가늠하지 못한다네!

우왕 때는 10년에 9년 동안 홍수가 났었지만, 물이 불어나지 않았고.

탕왕 때는 8년에 7년 동안 가뭄에 타들어 갔어도 물이 줄어들지 않았다네!

시간이 흘러도 그만, 물이 들어오고 나가도 그만이지

이것이 바다의 큰 즐거움이라네."

『장자』에 나오는 이야기입니다.

이것이 정저지와(井底之蛙) 예화로서

우물 안 개구리와 같이 견문이 좁음을 의미한다는 것은

익히 들어서 알고 있을 것입니다.

하지만 장자는 우물 밖을 알지 못하는 개구리도 잘못되었지만

자신의 거대함을 자랑하는 것도 옳지 않다는 것을 이야기합니다.

세상이란 모두 상대적이어서

작다고 왜소하게 여기지 말아야 하고

크다고 거대하게 여기지 말아야 함을 주장하는 것이지요.

더 높은 경지에서 세상을 바라보라는 의미이기도 하고

대소, 선악, 미추, 강약이 모두가 상대적이어서

자기가 알고 있는 것만이 진실이라는 함정에 빠지지 말 것을 권고합니다.

어쩌면 우리도 알량한 지식의 덫에 함몰되어 세상을 그릇되게 이해하고 있는지도 모를 일입니다.

||||||

공간의 심리학

우두벌 한편에 올해부터 농사를 짓지 못하게 하더니
택지개발로 굴착기를 동원하여 여기저기 파헤쳐 놓았습니다.
문제는 비가 오니 웅덩이에 물이 고이고
어디서 나타났는지 개구리들의 개체 수가 엄청나게 늘어나 그놈들이
너무 시끄럽게 울어댄다는 것이지요.

개구리 소리가 너무 커 밤잠을 설쳐 퀭한 얼굴로 출근할 때가 많습니다.
그놈들은 왜 밤에 잠을 안 자고 울어댄 것일까요?
어쩌면 수컷 개구리가 암컷 개구리를 부르는 사랑의 세레나데일는지
도 모르고
자신의 영역을 주장하기 위하여 목청껏 울고 있는지도 모릅니다.
개구리 결혼 상담소라도 차려야 울음소리에서 해방되려나….

개구리 울음소리를 접하면서
화음과 소음에 대하여 생각해보았습니다.
멀리서 아련하게 들려오는 개구리 소리는 분명 기분 좋게 하는
화음으로 들렸지만
아주 가까이서 들리는 소리는 시끄러워서 소음에 가까웠다는 것이지요.

소리와 마찬가지로 사람 사이에도 친밀도에 따른 거리 차이가 있습니다.

아주 친밀한 사이면 50cm 미만의 거리로 붙어 있어야 행복감을 느낍니다.

하지만 개인적인 거리는 약 1.2m 정도 떨어져야 안정감을 느끼고

사회적인 거리는 3.7m이며 공적인 거리는 그 이상 떨어져야 불쾌감이 없습니다.

우리는 왜 이런 거리감을 갖고 사는 것일까요?

이런 공간의 심리학의 기저에는 자기 보호본능이 자리하고 있습니다.

친밀거리에서 멀어질수록 목소리는 커지고 긴장은 높아집니다.

반대로 가까울수록 목소리는 낮아지고 마음은 부드럽게 되지요.

친하게 지내고 싶다고 해서 무조건 가까이 다가가도 낭패를 보기 십상이고,

거리감을 유지하면서 가까워지기를 바라기도 쉽지 않은 일입니다.

거리감을 잘 조절해야 관계의 멋스러움을 끌어낼 수 있습니다.

더불어 사는 사회…. 대인관계에 거리감만 잘 살려도

성공 가능성이 커집니다.

또한, 그것이 사랑할수록 더 가까이 가고 싶은 이유이겠지요.

채움과 비움

IIIIII

용인물의

여름엔 계곡이 좋습니다.
시원한 계곡물에 발을 담그면
영혼까지 맑아지는 느낌으로 세상의 온갖 근심이 다 사라질 듯합니다.

가끔 고기들이 왔다 갔다 하는 모습을 보는 것도
여름 냇가에서 놓칠 수 없는 즐거움입니다.

물고기의 경우 알을 매우 많이 낳는데
대부분 어미가 알을 돌보지 않습니다.
그 수많은 개체 속에서 일부만 생존해도
개체의 영속성에는 크게 문제 될 게 없으니까요.

하지만 알을 많이 낳지 않는 고기는
대단한 모성애와 부성애를 가지고 알을 지키고
굶주려가면서도 포기하지 않습니다.
그렇게 하지 않으면 종족 유지를 담보할 수 없기 때문이지요.

물고기와 같이 체외수정을 하는 개체는 부성애가 잘 발달되어 있고
포유류처럼 체내수정을 하는 개체는 모성애가 잘 발달되어 있습니다.

그 이유는 신뢰에 기반을 두지요.
체외수정의 경우 배란과 동시에 방정이 이루어져
자기 자식임을 확실히 알 수 있지만
체내수정의 경우엔 모성 쪽은 확실하지만
부성 쪽은 신뢰감이 떨어지기 때문일 수 있습니다.

여름 냇가는 신뢰의 문제를 짚어주었습니다.
제나라 환공은 이런 말을 남깁니다.
의인물용 용인물의(疑人勿用 用人勿疑)
"사람을 의심하려거든 쓰지를 말고
이왕 사람을 썼으면 의심하지 말라."

||||||

여행자의 시선

우리가 살아가는 세상은 어쩌면 다람쥐 쳇바퀴 일상일 수 있습니다.
매일 같은 시간에 일어나서
매일 같은 도로를 경유하여
매일 같은 직장에 출근하고
매일 같은 일을 하고
매일 같은 시간에 퇴근하고….

채움과 비움

'매일 같다.'라는 것은 신선함이 느껴지지 않는 매너리즘에
쉽게 빠질 수 있다는 것을 의미하기도 합니다.
인생에서 새로움이 없는 삶은 지루하다고 느낄 수밖에 없지요.

그래서 가끔 여행자의 시선이 필요합니다.
여행자의 시선으로 내 주변을 바라보면
호기심이 생기고, 늘 있었던 것도 재미있게 느껴질 수 있습니다.

여행 가면 한정된 시간에 더 많은 것을 보고 느끼고자 노력합니다.
그쪽 사람들에게 일상인 것이 여행자에게는 새로움. 그 자체이지요.

관광(觀光)이란 빛을 보는 것이 아니라
풍광을 보고 즐기는 것을 의미합니다.
이 말의 어원은 주역의 관괘로 거슬러 올라갑니다.

관찰(觀察)이라는 표현도 있습니다.
엄밀하게 따지면 관(觀)과 찰(察)은 다른 개념입니다.
관(觀)이 대충대충 보아 넘기는 것이라면
찰(察)은 아주 자세히 살피는 것이지요.

우린 가끔 찰(察)의 관점에서 사물을 바라볼 필요가 있습니다.
그럴 때 일상에서 새로움을 발견할 수 있으며
그 속에서 잔잔한 기쁨을 누릴 수 있으니까요.

오늘의 일상이 지루하다면 여행자의 시선을 갖고자 노력해 보세요.
삶이 달라 보일 수 있으니까요.

||||||
동물에게서 배우는 페어플레이

지구 상에는 약 140만 종의 생물이 살아가고 있습니다.
그 생명체는 나름대로 살아가는 독특한 방식이 있지요.
적으로부터 자신을 지키기 위해
또는 사냥감을 공격하여 먹이를 얻기 위해
지구 상의 동물들은 스스로 무기를 강화해 왔습니다.

뿔, 이빨, 발톱, 독, 빠른 발, 뛰어난 후각, 정확한 시력 등등
스스로 살아가기 위한 무기체계를 갖추고 있는 셈입니다.
그러나 어떤 동물도 자신이 체내에 갖추고 있는 무기 이외의 도구를
사용하여 상대방을 공격하지 않습니다.

어느 날 털 없는 원숭이가 상대방을 향해 돌을 던지고,
나무막대를 무기로 사용하면서 자연의 한계를 돌파하였으니
그것이 바로 인간입니다.

무기를 사용하게 된 인간은 작은 몸집과 연약한 체력

채움과 비움

무딘 이빨, 뭉툭한 발톱을 가졌음에도
모든 동물을 제압하고 스스로 만물의 영장 자리에 오르게 됩니다.

이 무기체계의 발전은 가공할 만한 것이어서
현재 재래식 무기를 제외한 핵무기만도 25,000개 정도 된다고 합니다.
이미 이 무기만으로도 인류를 여러 번 멸망시키고 남습니다.
그런데도 현재 세계의 군비 지출이 연간 약 1,500조 원에 달한다고
하니
인간의 욕망이 가져올 미래의 결과를 예측조차 할 수 없습니다.

같은 영장류인 침팬지는 도구를 이용하여 먹이활동을 하지만
결코 돌이나 나무토막으로 상대방을 해치는 예는 없습니다.
동물들은 자기 자신이 가진 무기만을 사용하는
페어플레이 원칙을 지키고 있는 것이지요.

같은 종족끼리 암컷을 차지하기 위하여 싸우더라도
연약한 쪽이 등을 돌리면 그뿐입니다.
끝까지 쫓아가서 상대방을 해하는 행동을 동물은 절대 하지 않는다
는 사실입니다.

그리고 어떤 동물도 생존에 필요한 사냥을 위해 살상을 하지만
재미나 놀이를 위하여 의미 없는 살상을 하지 않는다는 것도
그들에게서 배워야 할 것들입니다.

인간은 이익을 위하여 각종 무기를 동원하여 동족을 죽이는 유일한 동물이고, 돈벌이를 위하여 살아있는 곰의 쓸개에 채취용 바늘을 꽂는 유일한 동물이며, 장식품을 만들기 위해 마구잡이로 코끼리를 죽여 상아를 채취하는 유일한 동물입니다.

심지어 보험금을 위해 자신을 길러준 부모에게 비수를 들이대는 인간도 있습니다.

기본적인 반성 없이 첨단 무기로 무장하는 인간의 무모함 때문에

인류는 어쩌면 먼 훗날 지구 상에 화석으로만 존재할지도 모를 일입니다.

‖‖‖‖

쇠비름

더운 여름엔 농작물만 잘 자라는 것이 아니라
잡초도 무성하게 잘 자랍니다.
아무리 덥다고 한들 김매주기를 게을리하면
가을에 풍성한 수확을 기대할 수 없습니다.

원래 잡초란 농작물을 가꾸는 데 있어서 해로운 식물군을 의미합니다.
하지만 갑자기 효능이 밝혀져 잡초에서 농작물로 재분류되는 식물도 존재합니다.

채움과 비움

그러니 어쩌면 잡초란 그 가치가 아직 밝혀지지 않은 식물을 의미한다고 해도 과언이 아닙니다.

잡초 중에 쇠비름이라는 풀이 있습니다.
잎이 두꺼워 다육식물처럼 생긴 풀인데
이것이 얼마나 생명력이 질긴지 모릅니다.
꼭 채송화같이 생긴 풀이지요.

요즘 이 쇠비름은 의학적 효능이 알려짐에 따라
귀한 몸으로의 변신을 꾀하고 있습니다.
각종 발암물질을 강하게 억제하며 특히 위암에 좋다고 하고
혈액순환을 돕고, 콜레스테롤이나 중성지방을 몸 밖으로 배출하여
혈압을 낮춰주는 등 그 약효가 상당히 뛰어나다고 합니다.

지구 상에 8번째로 많은 개체 수를 가진 쇠비름은
5행초(五行草)로도 유명합니다.
즉 쇠비름은 다섯 가지 색을 갖고 있다는 것이지요.
잎은 초록색이고, 줄기는 빨간색이며, 뿌리는 하얗고
꽃은 노란색이며, 씨앗은 까만색입니다.

어쩌면 가장 흔한 것이 가장 귀한 것인지 모릅니다.
산야에 아무렇게나 자라난 쇠비름
효소로 건강을 지켰다는 보고가 많아지고 있음을 보면

올해 여름이 가기 전에 쇠비름 효소를 담가보는 것도 좋을 듯싶습니다.

사촌이 땅 샀을 때

멀쩡하던 배가 갑자기 아프다면
사촌을 의심해 봐야 합니다.
혹시 땅을 샀을지도 모를 일이니까요.

평생 맨몸으로 땅을 기어 다녀야 하는 뱀은
발이 많은 지네를 부러워합니다.
하지만 무수한 관절을 움직여야 전진할 수 있는 지네는
짧고 간결한 몸짓으로 전진할 수 있는 뱀을 부러워하지요.

동창회 갔다가 입맛이 없어진 사람 중에는
자기보다 공부도 못하고 변변치 못한 친구가 사장이 되어 있는 것을
보았거나 자기보다 얼굴도 못생긴 게 좋은 남편을 만나 귀부인의 인생
을 사는 것을 보았을 가능성이 큽니다.

이 배 아픔 현상은 부러움을 동반한 욕심에서 출발합니다.
참으로 이해할 수 없는 건
하필이면 그 좋은 행운이, 하고많은 사람 중에서

내가 아닌 내 주위의 인물들에게만 온다는 사실이지요.

심리학적 용어에 보상회로가 있습니다.
불평등한 대우를 받았다고 생각되면
뇌 중심에 있는 보상회로가 스스로 작동하여
자신에게는 손해날 것이 없는데도 불구하고
남이 잘되면 그 꼴을 보기 힘들어진다는 것이지요.

보상회로가 되었던, 질투심의 발로이던
욕심에서 기인하였던 그 아픔의 원류는 썩 좋아 보이지 않습니다.

사촌이 땅을 사면 배가 아프다는 말은
"사촌이 땅을 사면 축하와 도움은 주고 싶은데
없는 살림에 그 땅에 줄 거름이라도 보태 주고 싶은 마음에서
사촌이 땅을 사면 변을 보고자 배가 아프게 된다."
이런 의미로 사용하면 안 되는 것일까요?

남이 잘되었을 때 진심으로 축하해주고, 격려해주고
같이 즐거워하는 인생은 잘못된 것이 맞는 걸까요?

전문가의 저주

컴퓨터 공부를 하다 보면 프로그래머가 지은 책을 만날 때가 있습니다.
한결같은 공통점은 자신이 프로그램을 만들었는데도 불구하고
그 책이 매우 어려워 이해하기 힘들다는 특징에 있습니다.

지나친 전문가적인 식견으로 책을 쓰다 보면
독자의 수준을 망각하게 되고
당연히 이 정도는 알 것이라는 짐작으로 책을 집필하게 됩니다.
따라서 독자와의 거리는 점점 멀어지게 마련이지요.

교직에 나와 맨 처음 컴퓨터를 접할 때
그쪽으로 공부 많이 한 사람들의 이야기를 듣고 있다 보면
다른 나라에 와 있는 듯한 착각에 빠지곤 했습니다.
디렉터리, 스핀들 모터, 쓰기방지, 트랙, 섹터, 파킹
워드랩, 커서, 셀 포인터….
컴퓨터를 다루기 전에는 듣지도 보지도 못하던 단어들이
죽 나열되어 대화를 이루고 있었으니까요.

금융계에 10년 재직한 사람과 신규사원은 업무상 대화가 힘듭니다.
금형 공장에서 10년 재직한 사람과 신규사원도 힘들긴 마찬가지이지요.
나름대로 10년 동안 쌓인 전문가적인 식견이

대화를 어렵게 만들기 때문입니다.

전문적인 지식만 앞세워 세상과 동화되지 못하는 것을
전문가의 저주라고 이야기합니다.
우리식 표현은 아는 게 병이고 한자로는 식자우환(識者憂患)이라고
말합니다.

전문적인 지식만 앞세우면 소통에 문제가 생기기 쉽습니다.
위대한 연설가는 어려운 낱말을 많이 사용하는 지식쟁이가 아니라
누구나 알아들을 수 있도록 쉽게 전달하는 사람이고
뛰어난 교사는 상위 10%만 알아듣는 교수법을 가진 사람이 아니라
누구라도 쉽게 이해할 수 있는 교수법을 가진 사람입니다.

지식은 너무 많아도, 너무 적어도 문제가 됩니다.
항상 겸손하고 신중하게 판단하고 상대방을 배려하여
결정을 내리는 것이 현명한 이유이지요.

||||||
부정 입학

나 어릴 적 시골엔
큰 산을 넘어야 나타나는 산골 마을이 있었습니다.

그 고개 마루턱에 당산나무가 아름드리로 버티고 있었고
울긋불긋한 천 조각들이 바람에 흩날리는 모습은
을씨년스럽다 못해 무시무시해 무섬증을 일으키곤 했습니다.

하지만 제 손을 잡고 재를 넘던 어른들은
한결같이 나무를 향해 합장하고 손을 모으며
무언가를 비는 모습의 통일성을 보여주었고
저도 무의식적으로 그 나무 아래만 가면 두 손이 모아지곤 했습니다.

우리나라처럼 유별난 기복 문화가 발달한 나라도 드물 것입니다.
아름드리 느티나무나, 마을 어귀의 큰 바위
사람이 들어갈 만한 공간의 동굴
피서객들이 장난스럽게 쌓아 놓은 돌탑을 보고도
멈춰서 합장하는 사람이 있으니까요.

그런 이유인지 몰라도 우리나라의 종교는
세계사에서 유래를 찾아볼 수 없을 만큼 비약적인 발전을 이루었습니다.
세계에서 가장 큰 교회와 절이 우리나라에 있고 보면
믿음의 원류를 짐작할 만합니다.

문제는 이 기복 문화의 변질에 있습니다.
아이가 대학에 들어갈 때쯤이면
극성스러운 엄마들은 교회에서 100일 기도를 드리고

채움과 비움

절에서 3,000배를 하고
정화수 떠 놓고 치성을 드리기도 하고
자기가 믿는 바위 아래 촛불을 켜기도 합니다.

만약 하느님이, 부처님이, 산신령이, 바위가 영험한 힘을 주어서
그 결과로 아이가 대학에 합격한다면
그 절대자들은 모두 부정 입학에 연루되어야 맞는 것입니다.
정원이 정해져 있는데 기도로 합격을 했다면
그 누군가는 그 기도 때문에 떨어진 것이니까요.

물론 본인의 연약함을 절대자에게 기대고 싶은 심정은 이해하지만
아이가 대학에 잘 들어가고자 하면
기복 문화에 근거한 기도를 할 것이 아니라
아이가 열심히 공부하여 대입 조건을 충족시키도록 돕는 것이
좀 더 합리적인 판단일 텐데 말입니다.

그리고
기도하는 그 절박한 마음이 절대자에게 전달될 것이 아니라
아이들에게 감동으로 전달되었으면 하는 바람을 가져봅니다.

*종교를 비난하거나 업신여기려는 뜻으로 쓴 글이 아님을 이해해주시기 바랍니다.

인디언에게 배우기

우린 가끔 원시 상태의 깨끗함을 생각할 수 있어야 합니다.
그것이 욕심으로 인한 소유로 얼룩진 세상을 바르게 볼 수 있는
눈을 제공해 주기 때문입니다.

미국 서부 개척 당시 땅을 빼앗길 위기에 있었던
시애틀 추장의 말에 귀를 기울일 필요가 있습니다.

"백인 추장(미국 대통령)이 자기들에게 땅을 팔라고 하는데
어떻게 우리가 공기를 사고팔 수 있단 말인가?
대지의 따뜻함을 어떻게 사고판단 말인가?
우리로선 상상조차 하기 힘든 일이다.
부드러운 공기와 재잘거리는 시냇물을 우리가 어떻게 소유할 수 있으
며, 또한 소유하지도 않은 것을 어떻게 우리로부터 사들이겠단 말인가?"

21세기를 살아가는 우리는 물질문명의 찌꺼기 때문에
인간스러움을 간직하기 어려운 시점에서
우린 인디언의 지혜를 새롭게 생각할 수 있어야 합니다.
그들은 문명인들에게 말합니다.

"당신들의 아이들에게 가르치라.

발을 딛고 있는 이 땅이 조상들의 육신과 같은 것이라고.

그래서 대지를 존중하도록 해야 한다.

대지가 풍요로울 때 우리들의 삶도 풍요롭다는 것을 가르쳐야 한다.

사람이 땅을 더럽히면 곧 그들 자신의 삶도 더럽혀지는 것이다.

세상의 모든 것은 하나로 연결되어 있다.

우리는 대지의 일부분이며, 대지 또한 우리의 일부분이다."

"문명인들은 뭐든지 글로 기록하려 항상 종이를 갖고 다닌다.

그들이 오래도록 기억하기 위해서 그렇게 하는 것도 아니다.

워싱턴에는 그들이 우리 인디언들에게 했던

약속을 기록한 서류가 산더미처럼 쌓여 있지만

그들 중 누구 하나 그걸 기억하려고 하지 않는다.

인디언은 종이에 기록할 필요가 없다.

진실이 담긴 말은 그의 가슴에 깊이 스며들어 영원히 기억된다.

인디언은 결코 그것을 잊어버리는 일이 없다.

그러나 문명인들의 경우는 일단 서류를 잊어버렸다 하면 아무 일도
하지 못한다."

어떤 것이 가치 있는 것이고 우리에게 행복을 가져다주는지

생각의 출발점을 새롭게 해야 합니다.

어쩌면 배신과 반목, 욕망과 속임수는 인디언 사회보다

문명으로 교묘하게 포장된 현대사회에서 넘쳐나는 일탈일 수 있으니
까요.

문명 이전의 세계로 돌아가자거나 반문명을 주장하고자 함이 아닙니다.
어쩌면 우리가 잃어버린 것 중에 가장 중요한 것이
'순수'일지 모른다는 생각이 들어서 말입니다.

IIIIII
개와 늑대의 시간

인디언 부족에게 시간이란 지금 우리가 생각하는 시계에 의존하는
고정된 단위나 측정 가능한 양적 단위가 아닙니다.
그들에게 있어 시간이란
옥수수를 심어서 여무는 과정
양을 기르면서 일어나는 일 등
단편적이지 않은 연속적인 일로써 자연스러운 과정으로 인식됩니다.

인디언 말에 '개와 늑대의 시간'이라는 것이 있습니다.
황혼 무렵 모든 사물이 붉게 물들고
저 언덕 너머로 보이는 동물의 실루엣이
내가 기르는 개인지, 나를 해치러 오는 늑대인지 구분할 수 없는 시간
그 시간을 개와 늑대의 시간이라고 부르는 것입니다.

밝음에서 어둠으로 넘어가는 그 시간대에
사람의 눈에 개도 늑대같이 보이고, 늑대도 개같이 보이는

채움과 비움

사물의 분별이 헷갈리는 시간을 의미하지요.

개와 늑대, 빛과 어둠, 이편과 저편, 현실과 꿈,

이승과 저승의 시간적 공간적 경계가 불분명해지는 시간이지요.

선악, 미추, 명암, 장단, 고저의 분별이 어려워지는 것은

큰 스트레스로 작용했음이 틀림없습니다.

개와 늑대의 시간

이때는 선도 악도 모두 붉을 뿐입니다.

그것을 다른 말로 표현하면 혼돈입니다.

온갖 사물이나 정신적 가치가 뒤섞이어 갈피를 잡을 수 없는 것이지요.

세상이 참으로 혼란스럽습니다.

여당은 이것만이 옳다 하고 야당은 저것만이 옳다고 합니다.

고용주는 사용자의 욕심을 탓하고 사용자는 고용주의 탐욕을 탓합니다.

곳곳에서 자기중심적인 사고에 혼란을 더할 뿐이어서

어느 것이 옳고 어느 것이 그른지 참으로 알기 힘든 세상이 되었습니다.

장자는 무궁한 도(道)를 체득하고

없음(無)의 경지에 노닐라고 권고하지만

그 역시도 뜬구름 잡는 이야기에 불과합니다.

어떻게 살까?

참으로 큰 명제가 아닐 수 없습니다.
정답은 없겠지만 저는 배려와 사랑으로 살고 싶습니다.
상대방을 이해하고 더불어 살고자 하는 노력이 그나마 혼돈된 세상을
밝게 해주는 일이 아닐까 하는 생각을 해 봅니다.

||||||
땅을 공공재로 인식하기

옛날부터 그러한 것들이 있습니다.
돌도끼 들고 사슴과 고라니를 쫓던 시절엔
땅이란 그 누구의 소유도 아니었고
공기와 같이 소유할 수 있는 대상으로써의 인식이 없었습니다.

어느 순간부턴가 땅 위에 금을 긋고
경계를 구분 짓고 팻말을 세워 자기 것이라 우기고
심지어 땅을 지키기 위하여 하나밖에 없는 소중한 목숨을
초개처럼 버리는 주객이 전도된 삶을 살기 시작했습니다.

저는 제 이름으로 된 땅을 한 평도 갖고 있지 않습니다.
살아가면서 드러내 놓고 자랑할 일은 못 되지만요.

땅은 소유의 개념이 아니라 공유의 개념이 되어야 합니다.

땅 위에 금을 긋고 소유권이 적힌 종이가 있다고 해서
정말 그 땅이 개인 것이 되는지….
더불어 사는 공공재의 개념이 필요하지 않나 싶습니다.

땅을 국유화하자는 이야기가 아닙니다.
땅에 대한 사유재산권을 인정하지 말자는 이야기가 아닙니다.
단 소유라는 이름으로 땅을 점유하고 있는 개인들이
그 땅을 이용하면서 공공의 이익을 생각했으면 하는 바람이 있어서
말이지요.

땅을 사서 놀리면 전체적인 농업 생산물의 감소를 걱정해야 하고
자기 땅이라고 철책을 세워 통행을 막는 억지가 없어야 하고
대규모 택지개발이나 국토 개발에 있어서 알박기가 없어야 하고
자기 산이라고 함부로 나무를 베어내는 일이 없어야 합니다.

땅과 농토는 쉽게 늘릴 수 있는 자원이 아닙니다.
이런 한정된 자원을 이용하는 데 있어서 자신의 이익도 중요하지만
더불어 사는 세상을 고려했으면 하는 소망을 가져봅니다.

보호색

동물이나 식물은 주위의 환경에 적응하며 살아가게 마련입니다.
환경스페셜이란 프로그램을 보고 있노라면
동물의 몸 색깔이 주변의 환경이나 배경을 닮아서
쉽게 찾을 수 없는 보호색을 쉬 볼 수 있습니다.

화천 누이네 집에 꿩을 기른 적이 있습니다.
꿩의 깃털은 항상 같은 색이 아니었습니다.
여름엔 다갈색으로, 겨울엔 좀 더 흰 빛깔로 털갈이를 하더군요.
이 모두가 생존을 위한 방편입니다.

동물 세계에서는 이러한 속임수가 널려있습니다.
애벌레의 몸에 커다랗고 무서운 눈알 무늬가 있어
적들이 쉽게 다가오지 못하게 하는 것도 있고
북극곰은 먹이인 바다표범에 접근할 때 자신의 냄새가 퍼지지 않도록
얇은 얼음장 하나를 들어 바람막이로 사용하기도 합니다.

요즘 이문열의 삼국지를 다시 읽고 있습니다.
전쟁에서 이기는 방법은 어떻게 상대방을 잘 속이느냐에 달린
경우가 많습니다.
그래서 병불염사(兵不厭詐)란 말이 있습니다.

채움과 비움

이는 軍不厭詐(군불염사)라고도 하는데
이는 전쟁에서는 모든 방법을 동원하여 적군을 속여야 함을 의미합
니다.
가장 최근 전쟁인 1, 2차 세계대전 때에도
상대방을 이기기 위한 속임수가 난무했습니다.

문제는 전쟁터가 아닌 이 세상에도 병불염사(兵不厭詐)와 같은
속임수가 넘쳐나고 있다는 사실입니다.
선거에서 이기기 위하여, 남보다 빠른 승진을 위하여
욕심을 이루기 위하여 수단과 방법을 가리지 않는 사람들이 많다는
것은 분명 행복한 사회는 아닐 겁니다.

우리네 삶이 언제나 진실을 요구하는 것은 아닙니다.
하지만 속임수가 드러난 다음의 공허함도 생각해야 합니다.
삶이 계속되는 한 운명(運命)은 운명(殞命)하지 않기 때문입니다.

‖‖‖‖

문사철 600

한문이 가진 매력 중의 하나는 문사철이 존재한다는 것입니다.
한문을 읽다 보면 문학, 역사, 철학을 두루 섭렵할 수 있는
장점이 있다는 것이지요.

세상을 이끌 지도자들의 공통점은 그들이 지독한 독서광이라는 데에
있습니다.

위의 문사철 600이란 말씀은

문학책 300권, 역사책 200권, 철학책 100권은 읽어야

삶의 기본을 쌓았다고 이야기할 수 있다는 것입니다.

Leader는 Reader입니다.

선구자(先驅者)라는 말이 있습니다.

'먼저 선' 자에 '말달릴 구' 자를 쓰지요.

즉 먼저 말을 달려 앞으로 나가는 사람을 의미합니다.

다른 말로 표현하면 리더라고 할 수 있지요.

먼저 말을 달려 앞으로 나간다는 것은

남들이 가 보지 않은 길을 가는 것이니

때론 고독하고, 외롭고, 가시밭길일 수도 있습니다.

그 어려움을 이길 수 있는 유일한 방법이 독서라는 것이지요.

우리나라는 성인의 30%는 1년에 단 한 권의 책도 읽지 않는 것으로
나타났고

공공도서관의 1인당 장서 수도 OECD 나라 중 꼴찌에 자리매김하여
있습니다.

그 나라의 과거를 보려면 박물관을 보고

채움과 비움

그 나라의 현재를 보려면 시장에 가 볼 것이며
그 나라의 미래를 보려면 도서관에 가 보라는 말이 있습니다.

인터넷 서점의 영향이라고는 하지만
대학 앞에 서점이 사라지고 그 자리에 술집이 들어서는 것은
국가의 미래를 위하여 한 번쯤 생각해보아야 할 문제입니다.

인생의 가장 큰 목표가 성공이라고 한다면
그 토대를 만드는 벽돌은 독서라고 할 수 있습니다.
책을 읽는 풍부함이 풍요로운 미래를 여는 열쇠가 됩니다.

||||||
'촌'에 대한 단상

저도 개그맨 양상국처럼 村 출신이다 보니
촌이란 단어 속에 들어있는 정감 어린 추억을 사랑합니다.

그 촌에 사는 사람은 촌민(村民)이라고 불러야 옳습니다.
하지만 도시화에 밀려 힘없는 사람들에게 부여된
비아냥거림의 의미가 다소 실려있는 그런 표현들이 많습니다.

촌사람까지는 이해할 수 있다손 치더라도

촌놈 촌년 촌티 촌닭 촌빨이란 표현은 너무하다는 생각이 듭니다.
촌사람을 그렇게 부른다면 도시 사람들은
시놈 시년 시티 시닭 시빨이라고 해야 하는데
그런 표현은 눈 씻고 찾아보려 해도 없습니다.

그건 촌에 비해서 시의 사람들이 더 많은 힘을 갖고 있다는
반증이기도 하지요.

하지만 촌에 대한 인식은 참으로 정겨운 것이어서
지구촌, 선비촌, 북촌, 먹거리촌, 오토 캠핑촌과 같은 표현을
즐겨 사용하기도 합니다.
물론 부정적 의미인 쪽방촌이나 무의촌이니 하는 표현도 존재하지
만요.

촌이란 순수 우리말로 하면 마을입니다.
가끔 친지 방문차 분당에 다녀올 때가 있습니다.
그곳을 지나면 참으로 정겨운 마을 이름들이 다가옵니다.
목련마을, 매화마을, 붓들마을, 백현마을, 내동마을, 탑마을….

요즘은 아파트가 대세입니다.
다가구 주택인 관계로 아파트 단지가 바로 마을이 되지요.
그런데 그 이름들이 가관입니다.
아인대원칸타빌, 엠코지니어스타, 골드클래스, 유러피안, 젠트리스….

채움과 비움

국적 없는 단어가 난무하고 들어도 무슨 의미인지 쉽게 알기가 어렵습니다.

언제부턴가 국제화니, 글로벌화니 하는 명분을 앞세워
우리의 소중한 것을 잃어버리고
무조건 남의 것만 추종하고, 미화하며, 가치 있게 여기는
그릇된 풍조가 만연하고 있습니다.
참으로 안타까운 일이지요.

한자엔 刮目相觀(괄목상관)이란 말씀이 있습니다.
가난하고 모자란 사람도 놀랍게 발전할 수 있으므로
현재 보잘것없다고 얕보면 안 된다는 의미이지요.
  *괄목상관: 어디가 변했는지 눈을 비비고 마주 보아야 함.

ΙΙΙΙΙΙ

제주도의 푸른 밤

일상 탈출은 언제나 꿈꾸는 것이지만
실제로 탈출하기까지는 어느 정도 용기가 필요합니다.

지난여름 폭염 아래 제주행 비행기에 몸을 실었습니다.
아무런 계획 없이 달랑 가방 하나만 챙겨

발 닿는 대로 가 보리란 막연함으로 시작된
약간의 무모함이 동반된 여행이지요.

예산을 아껴볼 요량으로 저가 항공을 이용했는데
공항 게이트와 비행기 트랩이 상당히 먼 거리여서
후끈 달아오른 열기에 정신이 아찔하였습니다.

어디든 그렇지 않을까마는 제주는 인공과 자연으로 크게 구분할 수
있습니다.
　이번 여행은 철저하게 인공을 배제하고
　제주의 자연을 보고 가겠다고 마음먹은 터여서
　시간과 공간의 제약 없이, 입장 시간이나 약속에 얽매이지 않고
　자연인으로서 무한정 여유로움을 즐기기로 했습니다.

차 타고 가다가 경치가 좋으면 내려 해변을 거닐고
검은 현무암 덕에 만들어진 흑색 바다와
흰 모래사장의 옥색 바다를 만끽하고
더우면 그늘에서 땀을 식히고 배고프면 근처 식당에서 해결하고….
얽매임 없는 여행은 그 자체가 신선함이었습니다.
억겁의 세월이 만들어낸 해안가의 절경과
제주만이 품고 있는 현무암으로 이루어진 계곡의 독특한 기암괴석
들뜬 도시에서의 탈출로 인한 고즈넉함
오랜 세월 풍상을 겪으며 자리를 지키는 천 년 고목의 비자 숲

채움과 비움

자연이 만들어준 풀장인 황우지에서의 오후 한때는 잊을 수가 없습니다.

우리가 특별한 여행을 하는 데 있어 꼭 장소가 중요한 것은 아닙니다.
자신을 덜어내고 좀 더 객관화된 시각으로 자기를 바라보며
자연과 함께하는 여행은 오래도록 좋은 추억으로 남을 것입니다.

여행은 힘 있을 때 해야 합니다.
좀 더 벌어서… 좀 더 여유가 생기면….
이렇게 미루다 보면 좋은 세월 다 보낼 수도 있는 것이니까요….

신혼 여행은 신혼 때 가야 합니다.
그래야만 진한 재미와
감동이 있게 마련이지요.
사정상 몇 년 뒤에 신혼 여행을 간다면
신혼만이 느낄 수 있는 감동은 아마 없을는지 모릅니다.

어떤 일을 하고자 한다면 지금 해야 합니다.
지금이야말로 남은 인생에서 가장 젊고 팔팔할 때이니 말입니다.

병산서원의 배롱나무

한여름의 끝자락 하회촌을 돌아 병산서원에 들렀습니다.
접근로가 비포장이고 별로 크지 않은 서원이지만
산줄기 끝에 포근히 안겨있는 서원의 모습은
참으로 아담하고 정겨웠습니다.

35도를 웃도는 무더위 속에서
서원의 대청마루에 잠시 앉아 더위를 식히다 보니
뒤뜰에 이미 고목이 된 배롱나무가 보였습니다.

여름꽃이 하나둘 지고 있을 때 가을까지 꽃을 볼 수 있는 것이 배롱
나무입니다.
꽃이 100일 동안 핀다 하여 '백일홍나무'라고 하다가 '배롱나무'가 되
었다는 설이 있습니다.

배롱나무는 줄기가 미끈한 게 특징입니다.
그래서 매끄러운 줄기를 긁으면 잎이 흔들린다고
'간지럼 나무'라고도 하고
원숭이도 떨어질 나무라고 하여 일본에선 '원숭이 미끄럼 나무'라고도
부릅니다.

채움과 비움

배롱나무는 나무줄기의 매끄러움 때문에 여인의 나신을 연상시킨다
는 이유로
대갓집 안채에 심어서는 안 되는 나무로 알려져 있습니다.
그럼에도 불구하고 유명한 사찰이나 선비들이 기거했던 서원에
배롱나무를 많이 심었습니다.

절에 배롱나무를 많이 심은 이유는
배롱나무가 껍질을 다 벗어버리듯 스님들이 세속의 때를 다 벗어버리
라는 마음에서이고,
선비들이 공부하던 서원에 많이 심은 이유는 그 꽃이 청렴을 상징하
기 때문이라고 합니다.

서원의 둘레가 온통 배롱나무밭이고
그 붉은 꽃의 자태가 자못 고운데
사진발을 잘 받지 못하는 나무가 또한 배롱나무이니 영상으로 대변되
는 시대에
'약간은 억울함을 동반한 나무가 아닌가?' 하는 생각이 들었습니다.

병산서원은 조선의 서원 양식이 잘 보존된 가장 대표적인 곳이어서
조선 서원 건축의 백미라고 일컬어지기도 하고
조선의 5대 서원에 들어가기도 합니다.

세파에 찌들고 마음이 번잡하고 삶이 힘들다면

눈 딱 감고 병산서원을 찾아보세요.

그 정갈하고 고즈넉한 곳에서 마음의 위안을 찾을 수 있을 겁니다.

채움과 비움

마음 농사

마음을 가질 수 있다는 것은 반대로 놓아버릴 수도 있다는 것을 의미하지요. 우리가 살아가면서 겪는 것은 10%이고 그에 대응하는 마음이 90%라는 말씀이 있습니다. 어떤 마음을 갖고 살아가느냐 하는 것이 참으로 중요한 이유이지요.

가을을 맞이하며

정말 무더웠던 염천의 방해에도 불구하고
귀뚜라미 소리에 실려 가을이 왔습니다.

가을은 한자로 추(秋)라고 씁니다.
이를 분해하면 禾와 火로 나눌 수 있지요.
벼화와 불화로 이루어진 글자인데 왜 음이 추로 나는 것인지
한문을 전공한 저로서도 참으로 이해하기 힘든 일입니다.

그 의미인즉슨 벼가 불에 들어갈 때.
즉 가을걷이가 끝나고 볏짚을 난방을 위하여 태우는 때가 곧 가을이
라는 것이지요.
가을이란 단어 속에는 역사의 뒤안길로 사라지는
은퇴하는 사람들의 쓸쓸한 뒷모습이 보입니다.

떠남이 있는 계절이고, 생명이 마무리되는 계절이며
조락의 계절이고, 밤새워 외로워하기에 좋은 계절입니다.
그래서 秋 자에 心을 붙이면 愁(근심 수)가 됩니다.
외로움이 깊은 나머지 병이 되는 것이지요.

가을 하늘에 무심한 구름이 뭉게뭉게 피어오르면

고개 숙인 해바라기 위로 높이 나는 잠자리 떼
작은 바람에도 한들거리는 코스모스의 가녀린 몸짓….
누가 가을에 품을 마음을 근심이라 했는지
그 글자를 만든 사람은 아마도 삶을 달관한 사람은 아닐까요?
낙엽이 집니다.
우리 가슴에 불어온 바람에
외로움은 외로움대로 그리움은 그리움대로
낙엽과 함께 이리저리 날리어갑니다.

붉지 않은 것은 가을이 아닙니다.
노랗지 않은 것은 가을이 아닙니다.
파랗지 않은 것도 가을이 아닙니다.

온갖 색색으로 찾아온 가을
이왕이면 가을을 타(Sensitive)지 마시고 가을을 타(Ride)시기 바랍니다.

||||||

탈과 페르소나

무더위가 한창이던 지난여름
탈로 유명한 하회마을을 찾았습니다.
갖가지 형상의 탈을 보면서

마음 농사

인류가 가꾸어온 탈의 역사가 결코 짧지 않다는 것을 느꼈습니다.

광대에게 왜 탈을 쓰느냐고 물으면
"탈을 벗기 위해 쓴다."라는 사람들이 있습니다.
어쩌면 탈속에 자기 얼굴을 감출 수 있다는 것은
권위와 체면, 사회적 위치와 체통에서 해방되어
순수한 인간의 진면목을 보여줄 수 있다는 것을 의미합니다.

탈놀이는 잘 꾸며진 무대보다는 마당이 더 어울립니다.
마당이라는 장소는 출입 통제가 없어 남녀노소 누구나 들어올 수 있는 공간이며,
일등석과 이등석이 따로 구분되어 있지 않아 차별이 없는 공간이고
춤꾼과 관객이 같은 높이로 같은 공간에 어우러질 수 있는
형식에 치우치지 않는 공간이기 때문입니다.

가끔은 나의 얼굴을 벗어던지고 싶을 때가 있습니다.
정말 간절히 원하던 것인데 체면 때문에, 사회적 지위와 역할 때문에
뜻을 접어야 하는 경우도 많은 것이 인생이기 때문입니다.
세상의 속박을 벗어던지고 자연으로 돌아가는 것
그 매개체는 손바닥만 한 탈일 수 있다는 것이 아이러니합니다.

심리학적 용어로 페르소나가 있습니다.
페르소나는 사회적 가면을 의미하는 단어입니다.

우린 누구나 사회적 가면을 쓰고 세상을 살아갑니다.

워낙 익숙하고 일상화되어서 정작 자신이 인식하지 못할 뿐이지요.

자신을 잘 이해하기 위해서는 인격적 가면을 잘 들여다보아야 합니다.

우린 가끔 남을 향해 가식이 있다고, 가면을 썼다고 비난하는 경우가 있습니다.

하지만 뒤집어 생각해보면 자신도 가면을 쓰고 있는 것은 같은 것인데 말입니다.

우리가 매일 접하는 사람들은 가면을 쓴 일부만 보고 사는 셈입니다.

사장이나 대장이나 교장이나 회장…. 이런 것들은 사회적 가면을 제공하는

가장 일반적인 것들입니다.

사회적 페르소나도 사람이 살아가면서 필요한 것입니다.

그렇지 않다면 사회적 가면이라는 심리적 장치가 필요하지 않았을 테니까요.

하지만 가끔은 내가 쓰고 있는 인격적 가면이 올바른 것인지

그 가면 때문에 행복을 유보하고 있는 것은 아닌지 살펴볼 필요는 있어 보입니다.

마음 농사

부석사에서

유럽을 여행하면서 부러웠던 것 중의 하나는

나라마다 Old City가 있어 500년 이상 된 건물들이

즐비하게 늘어서 있고, 낡고 좁은 건물임에도 현재 고가로 매매되고 있으며

사람들이 아직도 그곳에 정붙여 살고 있다는 사실이었습니다.

유럽의 그것들은 대부분 석조이거나 벽돌로 쌓은 집이었지요.

서양에선 오래된 목조건물이라야 250년을 넘은 것이 별로 없습니다.

참으로 자랑스러운 건 부석사의 무량수전이

목조건물로써 640년 정도를 견디고 있으며, 아직도 기능하고 있다는 사실이지요.

부석사 가는 길의 양안엔 온통 사과밭이어서

사과 익어가는 소리와 그윽한 향이 참 좋았습니다.

무량수전은 오래됨도 그러하지만 진정한 가치는

건축의 아름다움에 있습니다.

배흘림기둥 위에 단아한 공포가 자리하고 있고

하늘을 날 듯한 날렵한 처마 선이 물 찬 제비처럼 힘이 있습니다.

*배흘림기둥: 위아래가 잘록하고 중간을 불룩하게 만든 기둥

벗겨진 단청은 천 년을 견뎌낸 인고의 세월의 흔적으로
고풍스럽고 단아한 모습을 하고 있으며
내부를 보면 못 하나 쓰지 않고 잘 짜 맞추고 얼키설키 엮은 모습에
이렇게 훌륭한 건축물을 만들어낸 조상들의 지혜를 엿볼 수 있습니다.
무량수전을 보면서 경계해야 할 것은
건물 자체에 함몰되어 주변의 경관을 잊는 것입니다.
무량수전 뜰에서 바라보면 태백산맥의 영봉들이 앞서거니 뒤서거니
멋진 산세가 일망무제로 펼쳐져 있는 것을 볼 수 있으니까요.

무량수전은 단청이 화려하거나 기둥에 조각해 넣었거나
한옥의 기본에 더 많이 꾸며 놓은 건물이 아닙니다.
그저 수수하고 담백하며, 꾸밈이 없는 소박한 건물이지요.
그러하기에 보면 볼수록 더욱 멋스러움이 배어나는 것입니다.

무량수전을 닮고 싶은 이유이지요.

||||||

하로동선(夏爐冬扇)

하로동선이라는 말이 있습니다.
여름 하(夏), 화로 로(爐), 겨울 동(冬), 부채 선(扇)으로 이루어진 성어
이지요.

마음 농사

여름날의 화로와 겨울의 부채란 의미입니다.

모두가 사용 시기가 맞지 않아 아무 소용없는 것을 의미하지요.

이 말은 토사구팽(兎死狗烹)과 의미가 비슷합니다.

"토끼를 잡으면 사냥개를 삶는다."라는 뜻이거든요.

이 모두가 요긴하게 쓰다가 용도가 없어지면

버려지거나 화를 당한다는 뜻이 있습니다.

중국을 통일한 유방은 일등 공신인 한신에게

죄를 뒤집어씌워 제거하고 맙니다.

고난은 같이할 수 있으되 권력은 함께 나눌 수 없었던 것이지요.

이때 한신이 죽으면서 남긴 말이 있습니다.

"교활한 토끼를 잡고 나면 사냥개를 잡아먹고

새 사냥이 끝나면 좋은 활도 감추어지며

적국이 타파되면 모신도 망하게 된다.

이제 천하가 평정되고 나니 나도 '팽'당하는구나."

조선 개국의 일등 공신이었던 정도전을 비롯해

혁명을 주도했던 조광조….

이런 이름난 사람들도 자신의 포부를 펴 보지 못하고

조기에 역사에서 퇴장해야 했습니다.

그러나 뒤집어 보면 사냥개는 사냥개로서 존재해야 합니다.

세상을 바꾸고 권력을 얻게 되면 주인이 된 기분이 들 수 있습니다.
대부분은 그것이 원인이 되어 주인행세를 하다가
조기에 삶을 마감하게 되는 경우가 많다는 사실입니다.

자신이 잘 나갈 때나 어려울 때나
실패의 나락에서 괴로울 때나 성공으로 온 세상을 다 가졌을 때도
본연의 자세를 흐트러져서는 안 됩니다.
부유하게 될수록 검소해야 하는 이유이고
높이 올라갈수록 겸손을 지켜야 하는 이유이지요.

그리고 '팽'당할 남의 처지를 보았을 때라도 함부로 대해서는 안 됩니다.
비록 여름 화로라고 하더라도 그것으로 젖은 옷을 말릴 수 있을 것이며,
겨울 부채라고 하더라도 꺼져가는 불씨를 살릴 수 있을 것이기 때문
입니다.

||||||

청풍 문화재 단지를 다녀오며

남한강 굽잇길을 따라 고즈넉한 길을 드라이브하다 보면
청풍대교 건너 청풍문화재단지를 만날 수 있습니다.

선사시대부터 인류의 발자취가 남았던 곳이고

마음 농사

고구려와 신라의 날카로운 창끝이 맞부딪치던 곳
남한강 오백 리 길을 쉼 없이 흐르다 청풍호에 잠시 쉬는 물줄기처럼
나그네의 발길을 잡는 곳이 이곳 문화재 단지랍니다.

그냥 발 닿는 대로 계획 없이 떠난 길이라
팻말이 보이면 보이는 대로
문화재의 표지판에 쓰인 이야기를 따라
발길이, 눈길이 닿는 대로 여유로움을 즐겼습니다.

이곳 문화재 단지는 1978년 충주댐 건설로 청풍면 일대가 수몰되면서
흩어져 있던 수몰지구의 유물과 문화재들을 한꺼번에 모아
단지를 조성해 놓은 곳이랍니다.
그러니 많은 시간을 투자하지 않아도 오밀조밀한 전시물들을
즐거움으로 만날 수 있어 역사와 문화교육장으로 손색이 없어 보입
니다.

저도 춘천댐 부근에서 나고 자라
고향을 호수 아래 묻고 떠난 사람들의 회한과 설움을
누구보다도 많이 보고 듣고 자랐습니다.
문화재 단지를 둘러보면서 그 잔잔한 재미도 좋았지만
댐으로 인하여 고향을 떠난 사람들의 마음이 못내 눈에 밟혔습니다.
지금은 그 주인공들은 흔적이 없고
다만 관광객들의 발길만이 분주하여 그들의 소박했던 삶을 엿보고

있지요.

고려 말 길재는
"산천은 의구한데 인걸은 간곳없네.
어즈버 태평연월이 꿈이런가 하노라…."
이런 시를 읊조렸지만
인걸은 물론이거니와 산천도 물길에 잠기고 개발에 휘말려
의구하다는 표현이 참으로 궁색하게 느껴집니다.

망월산성 성루에 오르니
발아래 이미 물길이 되어버린 비췻빛 호수의 모습과
멀리 제천 시가지의 모습이 아스라이 보입니다.

역사란 관점에 의한 해석으로 존재한다고 하지만
석축을 이루고 있는 돌 하나하나
옛 정취를 고스란히 간직하고 있는 현판,
시원하게 깔린 대청마루의 널빤지
무너진 기왓장 하나하나에도 숨 쉬고 있다는 것을 보고 느낀 하루였
습니다.

마음 농사

간사함의 원류

우리는 자연을 대할 때 이중적인 잣대를 들이대는 경우가 많습니다.

식물이 꽃을 피워 올렸을 때는 매일매일 좋다고 들여다보다가 꽃이 진 후에는 쳐다보지도 않는 경우가 그런 것이지요.

그런데도 식물은 스스로 열매 맺고 다음 해 다시 싹을 틔웁니다.

건강을 잃어 치유에 노력할 때는

매일매일 운동하고, 술도 끊고, 먹는 것도 자제하지만

몸이 좋아지고 나면 언제 그랬냐는 듯

게을러지고 술도 자주 먹게 되는 것이 인간입니다.

그것은 간사함의 발로는 아닙니다.

그 사람의 원래의 모습이 그러했는데

특수한 사항을 만나 변하게 된 것이지요.

그 상황이 종료되거나 완화되면 원래의 모습으로 돌아간 것뿐입니다.

사랑하는 사람과 연애할 때 많은 여성은

결혼하면 더없이 행복할 것이란 착각에 빠지게 됩니다.

그러나 막상 결혼하고 나면 남자는 상당히 많은 부분이 달라지지요.

그것은 그 남자가 나쁜 사람이거나 간사해서가 아닙니다.

연애할 때 분비되는 사랑의 묘약인 호르몬이 분비될 때는
별도 달도 다 따줄 것 같은 마음으로 세상을 살게 되지만
세월이 흘러 호르몬 분비가 줄어들고 나면
그 사람이 갖고 있던 원래의 모습으로 돌아가기 때문입니다.
한여름 열기가 한바탕 훑고 간 지금
에어컨 선풍기 부채가 좋았던 시절을 뒤로하고
언제부턴가 따스함이 좋은 시절이 되어버렸습니다.

이렇게 계절마다 달라지는 행동양식을 두고
많은 사람은 사람의 간사함을 이야기하지만
사실은 간사한 것이 아니라 체온 36.5도의
항상성을 유지하기 위한 일관된 행동양식으로 보는 것이 옳습니다.

남을 농락하며 피해를 주는 간사함과
일상에서 일관된 생활을 유지하기 위한 변화가 구분되어야 할 이유이
지요.

||||||
공짜의 역습

수주대토(守株待兔)라는 고사성어가 있습니다.
송나라 농부가 밭갈이를 하는데 갑자기 토끼가 나타나

마음 농사

나무 그루터기를 들이받고 목이 부러져 죽습니다.

그다음 날부터 농부는 밭갈이엔 안중에 없고

그루터기를 지키며 토끼만을 기다립니다.

결국, 그 농부는 토끼를 다시 얻을 수 없었고

송나라 사람의 웃음거리가 되었다는 것이 전체의 내용입니다.

의도하지 않았던 횡재나 공짜에 대한 경계의 글입니다.

아르헨티나의 학생들은 다 같은 넷북을 씁니다.

평등한 연결을 표방한 아르헨티나 대통령은

300만 명의 학생에게 공짜로 넷북을 나눠주었습니다.

선물의 정치에 익숙한 아르헨티나사람들은 점점 게을러지기 시작했고

60년 사이, 국민소득이 세계 5위에서 62위까지 수직 낙하하면서,

인구의 절반이 빈곤층으로 살아야 하는 나라가 됐습니다.

우리나라는 65세 이상에게 지하철을 무료로 개방하고 있습니다.

잘살거나 못살거나를 가리지 않고, 다주택자나 무주택자를 가리지
않고

모두에게 혜택을 주고 있는 것이지요.

서울 사는 어떤 이는 건물을 가진 알부자입니다.

매달 받는 월세만 수천만 원이 넘습니다.

그 사람은 시내 나갈 땐 항상 전철을 이용합니다. 공짜이기 때문이지요.

그렇게 혜택을 보는 것이 연간 50만 원에 육박합니다.

서울에서 그렇게 사라지는 돈이 500억 원 이상이라는 통계가 있습니다.

정치권이 판을 벌인 반값 등록금도 그러합니다.

서울에 소재 어느 대학은 올 1학기 15명의 교수를 채용했습니다.

작년엔 27명을 뽑았지만, 올해는 등록금 인하 때문에 44%나 줄인 것이지요.

등록금이 내린 만큼 복지 혜택이 줄어들고

그 피해는 학생들에게 고스란히 돌아갑니다.

정부가 시행하는 무상 보육의 부작용도 심각합니다.

정부가 모든 0~2세 아동에게 어린이집 보육료를 지급하기로 하자

전업주부들까지 앞다퉈 신청하는 바람에

정작 절실한 맞벌이 부부들이 이용하지 못하는 사례도 많습니다.

2세 이하 아동은 발달 단계상 엄마와 같이 있는 것이 가장 좋은 것인데

이 무분별한 '공짜 심리'가 교육을 망치고 있는 셈이지요.

노력하지 않고 얻는 것이 많은 사회일수록

참 좋은 사회이어야 하는데….

현실은 그렇지 못한가 봅니다.

하기야 조그만 거 하나를 배우더라도 공짜로 배우면 남는 게 없습니다.

뭔가 자금이 들어가야 열심히 공부하게 되는 것이 인지상정이지요.

마음 농사

"외상이면 사돈집 소도 잡아먹는다."라는 식의 자세는
후환(後患)만 키울 뿐이니 경계해야 할 일입니다.

ⅠⅠⅠⅠⅠⅠ
싸리버섯을 따며

가을 산에 오르면 가장 흔한 것이 싸리버섯입니다.
참싸리 버섯, 광대싸리 버섯, 황금 싸리버섯, 송이 싸리버섯….
우리 땅에만 자라는 싸리버섯의 종류가 20여 가지나 된답니다.

요즘 산에 나무가 우거지고 산불이 나지 않아
나물 종류나 버섯 종류가 별로 없다고 하지만
어느결에 자랐는지 초입부터 이름 모를 버섯이 발길을 잡습니다.

눈에 쉽게 띄는 버섯 대부분은 독버섯으로 식용할 수 없는 것들입니다.
특히 버섯은 팡이실이기 때문에 맹독성을 가진 것들이 많고
함부로 섭취했다간 바로 염라대왕 알현 길을 떠나야 하니
조심하는 것이 무엇보다도 중요합니다.

식용 버섯과 독버섯의 확연한 차이는 그 색깔에 있습니다.
화려하게 치장된 버섯일수록 독버섯에 가까운 것이지요.
혹자는 벌레 먹은 버섯은 식용에 가깝다고 주장하지만

그것도 액면 그대로 믿었다간 자칫 황천 여행을 할 수 있으니
참으로 조심할 일입니다.

식용으로 쓰이는 송이, 능이, 싸리버섯, 갓버섯, 갈버섯, 개암버섯 등
등은
생김새가 수수하기 그지없습니다.

버섯 따면서 진실에 가까울수록 소박해 보인다는 말씀을 생각해봅니다.
물건도 명품에 가까울수록 그 물건은 소박해 보이는데
짝퉁일수록 현란한 색으로 자신을 포장하고 있는 것을 볼 수 있습니다.

그래서 노자는 마지막 구절을 다음과 같이 장식합니다.
信言不美 美言不信 (신언불미 미언불신)
"진실한 말일수록 아름답지 않고 소박하며
아름답고 듣기 좋은 말일수록 진실하지 않다."

진실한 사람은 꾸밈이 없고 투박하여 당장 보기에는
볼품없고 멋스럽지 않게 보일지라도
시간이 지나면서 느끼는 담백함과 진솔함의 향기는 무엇과도 견줄 수
없습니다.
순수해야 진실되고 오래갑니다.

내려오는 길 아무렇게나 피어난

마음 농사

쑥부쟁이와 벌개미취꽃이 참 예쁘다는 생각이 들었습니다.

길 떠나기

길을 떠났다가 원래 위치로 돌아오는 것을 귀환이나 귀소라고 말합니다.
이 귀소 본능은 술 취한 사람에게서도 흔히 발견되기도 하고
연어와 같은 회귀성 동물의 세계에도 발견됩니다.
여행을 떠나는 이유는 돌아오기 위해서라는 말씀도 있으니까요.

같은 귀환을 통한 회귀를 하더라도
동물과 인간은 다른 것이 하나 있습니다.
동물에는 없지만, 인간에는 있는 것이 바로 '자기 성찰의 기회'입니다.

동물은 둥지를 떠나 먹이활동을 하고
자신이 태어난 곳을 멀리 떠나 성장 활동의 끝에
자신의 위치로 돌아오지만
내가 어떻게 살아왔으며 앞으로 어떻게 살아갈 것인가에 대한
성찰의 모습은 찾아볼 수 없습니다.
자기를 성찰할 수 있다는 것은 오직 인간이기에 누릴 수 있는 특권
중의 하나이지요.

여행은 생존경쟁이 배제된 세상입니다.

세상엔 죽을힘을 다하여 여행하는 사람은 없지요.

여행은 과정이고 여정입니다.

목적지가 있지만, 꼭 가야 하는 것은 아닙니다.

가다가 더 좋은 곳이 있으면 여유를 갖고 돌아보면 그뿐이지요.

아주 높은 곳에 올라가서 세상을 내려다보면

세상을 이해하는 눈이 달라질 수 있습니다.

세상의 고민을 다 가진 듯 복잡한 일상에 함몰되어 있었다면

나를 벗어난 공간 속에서 타자화된 시각으로 자신을 내려다볼 수 있는 기회를 가질 수 있으니까요.

아는 만큼 보인다고 하지만 그냥 알면 아는 대로 모르면 모르는 대로

삶을 관조하는 듯한 시각으로 느껴보는 것도 좋은 일입니다.

올라갈 때 보지 못했던 여러 가지 모습들을

내려갈 때 볼 수도 있는 것이며,

새로운 풍광에 새로운 시각이 생길 수도 있습니다.

여행은 경치 좋은 곳만 보고 오는 게 아니라 현지 문화도 체험하고,

현지 주민들과 소통하며 더 많은 걸 느끼고,

자신을 돌아보는 것이어야 합니다.

그래서 여행은 '가는 것'이 아니라 '하는 것'이 되어야 합니다.

마음 농사

자기를 돌아보는 것은 하는 것이지 가는 것이 아니기 때문입니다.

||||||

대공지정(大公至正)

이왕 머슴살이를 하려면 과부집에서 하라는 속담이 있습니다.
약간의 에로틱함이 동반된 이야기지만
이왕이면 희망적인 미래가 보이는 것에 시간을 투자하는 것이
바람직하다는 이야기일 것입니다.

우리의 삶은 선택의 연속입니다.
그 판단의 기로에 서서 고민하고 방황하는 사람이 많은 것도 사실입니다.
집단의 의사결정을 하는 방법에는 독재와 민주가 있습니다.

우린 흔히 독재는 나쁘고 민주는 좋은 것이란 관념에 빠져있지만
좋은 독재도 있고 나쁜 민주도 분명히 존재합니다.

권력의 차원에서 접근하지 말고 실생활에서 느껴본다면
집안일을 가장 혼자서 고민하고 결정한다면 독재일 것이고
여러 가족의 의견을 들어서 결정한다면 민주가 되겠지요.

92

독재는 집단 구성원이 가지고 있는 지식과 정보가 낭비되는 경향이 있습니다.

그리고 개인의 의사결정이 잘못되었을 경우에 문제 발생 소지가 높지요.

하지만 일단 결정하는 데 있어서 신속함이 있을 수 있고

지도자로서의 자격이 충분하다면 구성원들이 일사불란하게 움직여

상당히 높은 성과를 올릴 수 있는 가능성이 큽니다.

민주는 모든 사람이 자기의 주장을 펼쳐 경쟁과 설득을 통해

최종적으로 남는 것으로 의사결정이 이루어집니다.

그 과정이 원활하지 않다면 다수결이라는 절차를 통해

의사결정이 이루어지고 소수의 의견은 무시됩니다.

절차가 복잡하여 시간과 돈의 낭비가 많고, 결과에 책임을 지는 사람이 적습니다.

하지만 구성원들의 의견을 잘 반영할 수 있는 장점이 있지요.

사실은 독재나 민주라는 절차도 중요하지만

좋은 판단을 해야 한다는 목적이 더 중요합니다.

그런데 절차의 함정에 빠져 목적이 사라지는 경우를 너무나 많이 보고 삽니다.

상대방이 나보다 더 많이 알고 있다는 사실을

인정하고 사는 사람을 본 적이 별로 없는 것 같습니다.

하지만 줏대를 버리고 남이 주장하는 대로 '이거다 저거다.' 하면서

마음 농사

우르르 몰려다니는 경우는 허다하게 봅니다.

혼탁한 세상에서 올바른 정신을 갖고 살아야 하는데
그게 참으로 쉽지 않으니 문제입니다.
대공지정(大公至正)이란 말씀이 있습니다.
매우 공정하고 지극히 올바름을 의미하는 성어이지요.
그런 마음을 갖고 살 수 있기를 소망해봅니다.

‖‖‖‖

훈련의 중요성

우리는 6·25 동란이라는 아픈 역사를 겪었습니다.
포성이 멈춘 지 70년이 넘었는데도
아직도 그로 인해 생긴 이산가족의 아픔과
전쟁에 대비한 인력 및 물자 운용이 우리를 힘들게 합니다.

6·25 때 참으로 많은 사람들이 죽었습니다.
그중에는 특히 소위를 달고 있는 소대장이 많았습니다.
오죽하면 총알이 날아가는 소리가 '쏘위 쏘위' 소리로 들렸다는 우스
갯소리도 있으니까요.

소대장은 앞에서 진두지휘하기 때문에 사망 비율이 높았습니다.

부족한 소대장은 육사 생도들을 차출해서 만들었는데
제일 먼저 4학년, 다음이 3학년, 2학년도 모자라
마지막에는 1학년도 소대장이 되었습니다.

전쟁이 끝난 후에 소대장의 생환율을 보니
1학년과 2학년은 거의 죽었는데
제일 먼저 소대장이 된 4학년 생도들은 많이 살아있었다는 것이지요.
그 이유는 4학년 생도들은 충분히 훈련이 되었기 때문입니다.

우리네 인간들도 살아가는 과정은 훈련의 연속입니다.
올해 아시아나 항공기 착륙사고가 있었습니다.
사고의 경위나 원인의 잘잘못을 떠나
침착하게 대응한 여승무원들의 뒷이야기가 훈훈함으로 남습니다.
누구나 목숨은 1개밖에는 갖고 있지 못합니다.
그리고 인생에는 연습이라는 것이 없지요.
늘 실제상황의 연속인 셈입니다.
승무원이라고 해서 불길에 휩싸여도 불사조처럼 살아온다는 보장이
없는데도 불구하고
사고 당시 아시아나의 여승무원들은 언제 폭발할지 모르는 기내에서
끝까지 승객을 챙기고 대피시키는 모습을 보여주었습니다.

그들은 나중에 이렇게 증언합니다.
평소에 열심히 훈련한 것이 큰 도움이 되었노라고….

마음 농사

사람도 교육과 훈련을 통해 건실한 시민으로
성장해 가는 것입니다.
오늘이 힘들다고 주저앉으면 안 되는 큰 이유이지요.

||||||
죽음은 창조입니다.

고등학생 시절에 월명사의 제망매가를 배웠습니다. 그 첫 구절이 강한 느낌으로 다가왔습니다. "삶과 죽음의 길은 여기에 있으므로 머뭇거리고 나는 간다는 말도 못다 하고 가는가. (후략)" 참으로 멋진 것은 삶과 죽음이 여기에 있다고 본 혜안입니다. 보통 사람들은 삶은 여기에 있지만 죽음은 저기에 있는 것이고, 삶은 나와 관계있는 것이지만 죽음은 나와 관계없는 것으로 인식하고 살기 마련입니다. 하지만 월명사는 이야기하지요. 삶과 죽음이 저기에 있는 것이 아니라 여기에 있는 것이라고…. 즉 삶과 죽음의 궤도는 같은 것이며, 동일 선상에서 같이 가는 것이라는 말씀을 하고 있는 것입니다.

죽음은 인생의 마지막에서 맞이하는 딱 한 번의 경험입니다. 죽음은 누구에게나 찾아오는 아주 평등한 개념이기도 하지요. 왕과 거지, 부자와 가난한 자, 노인과 젊은이…. 누구나 그 길을 피해갈 수는 없습니다. 즉 죽음은 만인에게 약분할 수 없는 공통분모인 셈이지요.

많은 사람들이 삶의 종착역에 다다르는 것을 두려워합니다. 하지만 뒤집어 생각해 보면 생자필멸(生者必滅)인 것이고 죽음이란 재앙도, 파괴도 아니며 가장 건설적이고 긍정적이며 창조적인 문화와 삶의 요소일 수 있습니다. 누구도 피해갈 수 없는 길이라면 그 죽음이라는 지엄한 현실을 긍정적으로 대처할 수 있는 것도 중요합니다.

많은 사람들이 죽음을 앞두고 이야기합니다. "인생을 되돌릴 수만 있다면 지금 알고 있는 것을 그때도 알았다면. 완전히 다른 삶을 살았을 거야!" 하지만 그런 것을 깨달았을 때는 삶의 끈을 이어갈 남은 생이 그리 많이 남아있지 않다는 것이 문제입니다. 어쩌면 또 다른 삶의 기회가 주어진다면 그 삶의 말미에도 같은 말을 되풀이할는지도 모르지요. 그래서 인간은 늘 반성적으로 삶을 살아가야 하는지도 모릅니다.

죽어가는 사람들에게 있어서 오늘의 개념은 특별합니다. 사실은 살아있는 사람에게도 오늘이란 개념을 특별한 것이지요. 다만 그 가치를 깨닫지 못하고 있을 뿐입니다. 그래서 지금 이 순간을 완전히 장악하고 자신이 어떤 일을 해야 하는지를 찾아서 하는 것이 중요합니다. 인생에는 연습이 없을뿐더러 누구도 그 일을 대신해 줄 수 없기 때문이지요. 월명사의 삶과 죽음이 여기 있다는 말씀의 진정성을 다시 한 번 헤아려 볼 필요가 있습니다.

마음 농사

긍이부쟁

불꽃 같았던 여름도 끝나고 이제 형형색색의 가을이 다가왔습니다….
여름내 우중충했던 구름도 덧없이 사라지고 물은 맑아지고 하늘은
청명하게 푸릅니다.
오후 공지천을 낀 느지막한 산책길, 뉘엿뉘엿 태양이 의암호 아래로
사라지니 풀벌레 울음소리도 쇠잔해집니다.

잠시 가던 길을 멈추고 다리 밑 임자 없는 벤치에 걸쳐 쉬는데,
개미들이 죽은 귀뚜라미를 힘겹게 끌고 가는 모습이 보입니다.
누구에게는 죽음이겠지만 누구에게는 생명 연장의 수단이 되고 있는
것이지요.

세상은 이렇게 얽히고설켜 돌아갑니다.
영원한 것도 없고 돌고 도는 것이 인생이지요.
성공한 삶도 좋지만, 그보다 온전한 삶을 살아가는 것도 좋다고 봅니다.

서산대사는 선가귀감에서 "修心者 不自屈 不自高"라 했습니다.
수신하는 사람은 자기를 높이지도 않고 낮추지도 않는 주체성을 가져
야 한다는 것이지요.
즉 자기 자신을 부정과 긍정을 버리고 있는 그대로 보는 것이 중요하
다는 말씀입니다.

논어 위영공편에는 다음과 같은 말씀이 나옵니다.

子曰 君子 矜而不爭 群而不黨

자왈 군자 긍이부쟁 군이부당

"공자가 말하기를 군자는 긍지를 지니면서도 다투지 않고

여러 사람과 어울리면서도 무리 지어 다니지 않는다."

즉 군자는 정의와 지조를 지니며 남과 과도하게 경쟁하거나 헐뜯고 다투지 않는다는 말씀이지요.

오늘도 우리는 일생을 살아가는 과정에 있습니다. 살아가면서 비굴하거나 자만하지 말고, 긍지를 갖되 다투지 말고 더불어 살아가야 합니다.

선선한 날씨에 산책하기 정말 좋은 계절입니다.

걷기로 건강도 챙기시고 행복은 덤이니 함께 챙겨가시기 바랍니다.

||||||

여성혐오 한자들

탐할 람(婪) 질투할 질(嫉) 질투할 투(妬) 싫어할 혐(嫌) 아첨할 녕(佞)

허망할 망(妄) 요망할 요(妖) 노예노(奴) 기생기(妓) 노는계집 창(娼)

간사할 간(奸) 매춘부 표(婊) 음탕할 표(嫖)

여성이 부정적이고 혐오스러운 표현과 결부되어 女 자가 부수로 되어 있는 한자들입니다.

마음 농사

사람들에게 여성을 경시하는 의식을 심어줄 수 있어서 말입니다.

그것을 고쳐 쓰자는 학자의 주장이 있습니다.

일견 일리가 있어 보이지요.

속담에도 그런 것들이 많이 있습니다.

"암탉이 울면 집안이 망한다."

"여편네 팔자는 뒤웅박 팔자다."

"계집은 밖으로 돌면 못 쓰고, 그릇은 밖으로 돌리면 깨진다."

"여자와 북어는 사흘에 한 번씩 패야 제맛이다."

"계집은 남의 계집이 더 예뻐 보이고, 술은 장모가 따라도 여자가 따라야 제맛이 난다."

"사내 못난 것이 대가리만 크고, 계집 못난 것이 젖통만 크다."

이 외에도 한자를 파자하면 의미가 선명해지는 글자도 있지요.

의미라는 것이 비하의 생각을 담고 있는 게 문제이긴 합니다.

아내 처(妻) 자는 의복을 짓는 여자를

아내 부(婦) 자는 청소하는 여자를,

계집 첩(妾) 자는 시중드는 여자를 말하고 있습니다.

천할 비(婢) 자 역시 계집녀 자에 낮을 비(卑) 자를 쓰고 있고

기생 기(妓) 자는 계집녀에 갈라질 지(支)로 구성된 글자로 여러 남자의 노리개라는 사실을 보여주고 있습니다.

아직도 사회 지도층이나 관리자는 남성이 주를 이루고 있고

능력에 차이가 없는데도 남성의 임금이 더 높습니다.

뿌리 깊은 편견에서 오는 차별이 문제이지요.

단어도 남녀(男女)라고 쓰지 여남이라고 하지 않습니다.

요즘에는 시험을 보면 대부분 여성이 상위를 차지합니다.

그러니 능력과 상관없는 대우는 옳다고 할 수 없지요.

그리고 남녀는 상하관계가 아니라 동반자라는 사실이 중요합니다.

배우자(配偶者)라는 표현에는 높낮이나 어느 한쪽의 비하 개념이 들어 있지 않습니다.

더불어 같이 가는 것이 중요한 이유입니다.

||||||

15,566과 34 그리고 1

뜬금없는 숫자이니 어떤 것을 의미하는지 모르는 것이 당연한 일입니다. 2010년 통계치로 15,566은 한 해 동안 자살로 소중한 생명을 마감한 숫자이고. 34분에 1명꼴로 자살을 한다는 것이며 OECD 회원국 중에서 단연 1등을 차지하는 수치라는 것이지요. 자살 성공률이 대체로 10% 이하이니 자살을 꿈꾸고 실행에 옮기는 사람들이 1년에 15만 명 이상이라는 말이 됩니다. 그러니 자살공화국이라는 오명에서 벗어나기는 쉽지 않은 일이며. 더 염려스러운 것은 이 수치가 낮아지는 것이 아니라 증가일로에 있다는 심각한 사실이지요.

프랑스의 사회학자 뒤르켐은 자살을 3가지 유형으로 분류하였습니다. 이기적 자살과 이타적 자살 아노미적 자살이 그것이지요. 대부분의 삶을 비관하여 스스로 생명을 마감하는 것은 이기적인 자살이라고 할 수 있습니다. 목회자의 순교나 강재구 소령의 죽음 등은 이타적 자살로 구분되어야 할 것이며, 사회 규범의 발달에 맞추지 못해 안타깝게 목숨을 버리는 경우, 즉 데모 현장에서 분신으로 인해 죽음에 이르는 것을 아노미적 자살이라고 할 수 있습니다.

우리나라 사망원인 1위는 암입니다. 2위는 뇌혈관계 질환이고 3위가 바로 자살입니다. 프로이트는 인간은 누구나 정신병을 가지고 있다고 말했습니다. 자살의 원인을 정신병적인 이유에서 찾는 사람도 있지만, 어쩌면 주위의 무관심과 냉대가 사람을 막다른 골목으로 내몰아 자살로 치닫는 경우도 있고, 우울증의 결과가 자살로 나타나기도 합니다.

하지만 자살은 사회적으로 용인된 범죄이며, 자살로 인한 것은 일체의 보험금이 지급되지 않으며, 남겨진 사람들에겐 평생 가슴에 대못이 박힌 채 살아가야 하는 일임을 알아야 합니다.

하루가 멀다 하고 자살에 관한 기사가 쏟아집니다. 그리고 베르테르 효과로 모방 자살이 많이 일어나고 있는 것도 사실입니다.

*베르테르 효과: 유명인이나 자신의 모델로 삼고 있는 사람이 자살할 경우 그 사람과 자신을 동일시해서 자살을 시도하는 현상

2010년 행복전도사로 활약했던 유명 방송인이 자살이라는 극단적인 방법을 통하여 세상을 등졌습니다. 방송 안에서는 "웃어라, 그러면 행복해진다."라고 주문하고, 행복이 없다고 생각하는 사람들과 불행하다고 느끼는 사람들에게 삶의 희망을 전해주던 사람이었는데…. 신병을 비관하여 남편과 동반 자살한 이분은 남에게 행복을 전달하는 일에는 우수했지만 정작 자신에게는 행복을 전달하기가 어려웠나 봅니다.

'어떤 사람들은 오죽하면 자살했을까?' 하는 동정론으로 기사를 접하기도 하고, 본인이 자살에 대하여 생각해 본 사람들은 자살하는 사람의 용기에 박수를 보내기도 합니다. 물론, 그 사람의 인생이나 어려움은 지극히 상대적 것이라서 3자가 자신의 잣대를 들이대어 판단하면 안 된다는 것은 옳지만 어떤 경우라도 자살이 미화되거나 합리화 될 수는 없는 것입니다.

자살방지 협회에서는 다음과 같이 이야기합니다.
"자살은 절대 공감하거나, 그 선택을 지지하면 안 됩니다. 주변 사람들에게, '얼마나 힘들었으면' 이라는 반응을 보이거나 그렇게 말하면, 사회적으로 힘들면 자살하라는 인식을 은연중에 심어줄 수 있습니다. 따라서 아무리 딱한 사정이 있어도 절대 자살을 지지해서는 안 됩니다."

질풍노도의 시기를 살아가는 청소년에게 자살은 자기의 힘듦에서 놓여나는 달콤한 유혹일 수 있습니다. 자살을 통해 인생을 리셋할 수 있다고 생각하는 사람들도 있습니다. 하지만 자신이 죽는다는 것은 자신

마음 농사

만 세상에서 소외되는 것을 의미합니다. 내가 없어지면 세상이 달라질 것 같지만 세상은 하나도 변하지 않습니다. 어제 뜬 태양은 오늘 또 떠오를 것이고, 치열한 삶을 살고 있는 시장 사람들도 북새통을 이루어 자신의 삶을 살아가기에 바쁩니다. 자신만 세상에서 퇴출되는 것이지요. 이는 리셋으로 성공한 것이 아니라 모두의 기억에서 잊혀지는 패배라는 것을 인식해야 합니다.

병원에 중환자실에 가 본 적이 있는지요? 병으로 인한 아픔과 고통 속에서도 삶의 끈을 놓지 않으려고 숱한 어려움을 견디고 있는 사람도 많고, 불편한 몸으로 한 걸음이라도 더 걸어 보겠다고 재활에 힘쓰는 사람도 많습니다. 세상의 불행을 다 안고 기형아로 태어나도 성공적인 삶을 사는 사람도 있고, 매일 한 끼밖에 먹지 못하고 리어카를 끌며 삶을 유지해도 희망을 잃지 않는 사람도 많습니다.

생명은 오직 하나이기 때문에 존엄한 것입니다. 누구든 세상을 두 번 살 수는 없는 것이며, 죽음이란 누구에게나 인생의 마지막에서 겪는 유일한 경험인 것입니다. 살아야 하는 이유와 죽어야 하는 이유가 누구에게나 존재하겠지만, 그 어떤 이유도 생명의 존엄성 위에 군림할 수 없습니다. 자살공화국에서 벗어나는 것이 문제가 아니라, 다른 사람의 가슴에 상처를 남겨서가 나이라, 삶은 아름다운 것이며 세상은 살만한 것이기 때문입니다.

허공을 나는 새는 발자국을 남기지 않습니다

철 지난 바닷가에
갈매기 한 마리가 텅 빈 백사장에 발자국을 남깁니다.
하얀 이를 드러내며 일렁이는 파도는
모래 위에 남겨진 추억을 흔적도 없이 지워냅니다.

바다와 파도와 바람과 하늘….
우린 이런 것들을 길들일 수 없습니다.
그 모든 것을 사랑하고 아낄 수는 있지만
그들을 지배하거나 다스릴 수 없습니다.

어쩌면 나의 일, 나의 가정, 나의 남편, 나의 아내
나의 자식들도 마찬가지입니다.
그들 역시 사랑하고 아낄 수는 있지만
지배하거나 다스릴 수는 없습니다.

아무리 친한 사이라고 하더라도
점잖은 예절과 적당한 거리가 필요합니다.
가야금은 12개의 줄을 갖고 있지만
그 줄은 같이 붙어 있다면 울림이 일어나지 않습니다.
서로 떨어져 있기 때문에 소리를 낼 수 있는 것이지요.

마음 농사

우린 가끔 사랑과 구속을 혼동하는 경우가 있습니다.

애증(愛憎)이라는 말은 사랑과 미움이라는 말입니다.

이 둘은 반대말 같아도 실은 하나입니다.

무언가 잘못되었을 때 애정이 깊을수록 증오의 감정도 깊게 나타나는 것이니까요.

우리는 관계 속에서 나고 자라고 살아갑니다.

바다와 파도와 갈매기와 바람….

어느 것 하나라도 관계에서 떼어 내고 생각할 수 없습니다.

허공을 나는 새는 발자국을 남기지 않습니다.

우리도 삶 속에서 자유로움을 얻으려면

사랑하고 믿어주되 소유하려는 생각을 접어야 합니다.

오늘도 바다에는 여전히 파도가 일렁이고

햇살 받은 갈매기는 하늘을 비상합니다.

||||||

틀 깨기

새도 날개를 적시고 싶을 때가 있습니다.

우리는 살아가면서 아무 생각 없이

습관적으로 때론 기계적으로 움직이며 살 때가 있습니다.
상식의 틀을 넘은 고전 유머가 있습니다.

개미가 길을 가다가 코끼리에게 밟혀 죽었습니다.
죽은 개미 친구 3마리가 코끼리에게 복수하기로 했습니다.
첫 번째 개미는 목에 붙었습니다.
두 번째 개미는 등위에 올라탔고
세 번째 개미는 꼬리에 매달렸습니다.

첫 번째 개미 왈 "이놈, 목 졸라 죽이자!"
두 번째 개미 왈 "아니야, 콱 밟아 죽여야지!"
세 번째 개미가 말했습니다. "일단 끌고 가자."

자신의 능력은 안중에도 없고 의욕만 앞서니 웃길 뿐이지요.
사람이 나이가 들어간다고 하는 것은 기성세대가 되어 간다는 것이고
다른 표현으로 이야기하면 고정관념의 틀을 더 단단히 다져가는 것이
라고 할 수 있습니다.

우리나라에서는 편하게 운전하던 사람도
영국이나 뉴질랜드 일본에 가면 운전대를 잡기가 어렵습니다.
차의 주행방향이 다르기 때문이지요.
우측통행에 익숙해진 우리의 뇌 구조는
좌측통행을 쉽사리 받아들이지 못합니다.

마음 농사

그림을 그리는 화가가 음악을 해 본다든지
음악가가 그림을 그리는 것 또한 다른 맛이 있을 것입니다.
창작의 틀과 사고의 확장을 가져올 수 있기 때문이지요.

탈무드에 나오는 이야기입니다.
어떤 부자가 두 사람에게 낙타를 타고 사막을 횡단하는 과제를 부여
합니다.
특이한 것은 늦게 도착한 사람이 승리하는 경주방식에 있지요.

뜨거운 태양 아래 땀을 뻘뻘 흘리며 최대한 느릿느릿 가고 있었습니다.
참으로 고통스러운 시간을 인내하고 있었던 것이지요.
그런데 한 소년이 귓속말로 무어라고 이야기하자
두 사람의 낙타는 전속력으로 달리기 시작했습니다.
소년은 낙타를 서로 바꾸어 타라고 말했던 것이지요.

생각을 바꾼다는 것은 쉬운 일이 아닙니다.
뒤집어 사고한다는 것도, 자신만의 우물에서 빠져나오는 것도
유연한 사고를 하는 것도 모두 쉽지 않은 일이지요.
특히 같은 환경과 같은 조건에서 오래 생활한 사람일수록 그런 병이
깊어갑니다.

나이가 들면서 젊은 사람들과의 괴리감을 느끼는 이유일 것이며
고리타분한 기성세대라고 손가락질을 당하는 이유일 것입니다.

가끔 거꾸로 세상을 바라볼 필요가 있습니다.

뒤집어진 유쾌함 사이로 새로 열린 세상의 단초를 볼 수도 있으니까요.

|||||

환경과 진로

어린 시절 저의 꿈은 소장수였습니다.

하얀 쌀밥을 배부르게 먹는 것이 소원이었던 시절

소는 가축 이전에 재산목록 1호였고, 가족이었습니다.

우리 집에 소를 사러 왔던 소장수의 두툼한 지갑을 보고

소장수가 되면 지긋지긋한 가난에서 벗어나는 줄 알았습니다.

초등학교 3학년 때는 삼림감수가 꿈이었습니다.

화전을 일구고 땔나무를 해 때던 시절

힘없는 화전민에게 삼림감수는 때론 공포의 대상으로

때론 부러움의 대상이 되었지요.

삼림감수가 우리 집에 오는 날이면

나는 두 되짜리 양은 주전자를 들고 막걸리를 받으러 50분 거리를 왕
복해야 했고, 아끼던 닭이 두어 마리가 사라지곤 했습니다.

그날 저녁은 닭이 장화를 신고 건너간 멀건 국물이 우리 차지였지요.

마음 농사

뼈 빠지게 일해도 가난은 쉽게 우리를 놓아주지 않았습니다.
가난은 교육의 기회마저 앗아가 버렸지요.
그나마 저는 막내인 관계로 긴 가방끈의 혜택을 받을 수 있었습니다.
집안 형편상 등록금이 비싼 사립대에 들어갈 엄두를 내지 못했고
국립대에서도 가장 등록금이 싼 사대에 들어갈 수밖에 없었습니다.
어쩌면 가난이 저를 교단에 세워 놓은 것이지요.

우리가 대학 갈 때는 졸업정원제가 있던 시절이고, 계열로 입학하던
때였습니다.
2학년 때 영어, 국어, 한문으로의 진로를 결정할 수 있었지요.
그때는 임용고시 없이 졸업하면 모두 발령을 내주던 시절이었는데
국어와 영어는 발령 대기자가 많아 1, 2년 정도 기다려야 했고
한문은 졸업과 동시에 발령이 가능한 학과였습니다.

경제적 독립이 절실했던 나는 주저 없이 한문과를 선택하게 되었고
목표한 대로 졸업과 동시에 발령을 받을 수 있었습니다.
학교에 나오고 나서 영어와 국어는 대접받는 주지 과목이고
한문은 별 볼 일 없는 변두리 과목이라는 것을 알았습니다.

처한 환경이 진로에 얼마나 큰 영향을 미치는 것인지
지천명이 지난 시점에서 되돌아보게 됩니다.
참으로 다행인 것은 환경적 요인으로 결정하고 걸어온 길이지만
언제나 긍정적인 생각만큼은 잊지 않고 살아왔다는 것이지요.

누구든 힘든 시기가 없었을까요.

돌아보면 그리 성공한 삶은 아닐지라도

삶의 의지와 사고의 방향이 참으로 중요한 것이었음을 깨닫는 아침입니다.

|||||

상대적 경험치

전화를 하면서 상대방의 목소리가 잘 안 들릴 때

상대방의 목소리를 키울 수 있는 가장 효과적인 방법은

아주 작은 목소리로 속삭이는 것입니다.

상대방의 목소리가 잘 안 들리면

내 목소리도 잘 안 들릴 것이란 생각에

목소리가 저절로 커지게 됩니다.

굴뚝 청소부 두 사람이 청소를 마쳤을 때

덜 더러워진 사람이 더 많이 더러운 사람보다 먼저 씻을 가능성이 큽니다.

상대를 통한 자기 인식 덕분이지요.

집단 주거시설인 아파트에 살다 보면

층간 소음의 문제가 심각한 것이 사실입니다.

마음 농사

위에 쿵쿵대는 이웃을 둔 사람은
아래층 사람을 배려해 조심할 가능성이 큽니다.
상대적인 경험치가 사람을 그리 만드는 것이지요.

부자 동네에 사는 거지와 가난한 동네에 사는 거지는
어느 쪽이 더 잘 얻어먹고 살 수 있을까요?
언뜻 보면 부자 동네 거지가 배부를 것 같지만
가난한 동네 거지가 훨씬 더 잘 먹고 삽니다.

부유하게 산 사람은 배고픔의 진정한 의미를 알지 못합니다.
가난히 삶을 얼마나 힘들게 하는지 경험이 없습니다.
그러니 가난한 마을 사람들보다 마음에서 우러나오는 동정심을 기대
하기 어렵습니다.
하지만 가난한 동네 사람들은 배고픔의 진정한 의미를 알고 있습니다.
그러니 자기 지갑이 비록 홀쭉하더라도 남의 아픔을 그냥 지나치기
어려운 것이지요.

경험치의 상대성은 세상을 살아가는 잣대로서 기능할 수 있습니다.
출호이자반호이(出乎爾者反乎爾)라는 말씀이 있습니다.
어차피 상대적인 개념이 인생이라면 자신이 남에게 어떻게 하는지가
중요한 것이고, '당신에게서 나간 것대로 당신에게 돌아간다.'라는 의미
를 담고 있는 글이고, 나의 조그만 행동 하나에도 조심하지 않을 수 없
는 것입니다.

현재 위치

제 나이 사십 중반 즈음에 지인과 배낭여행을 다녀온 적이 있습니다.
말레이시아 코타키나발루라는 도시와 산을 갔다 왔지요.

*배낭여행이라는 말은 자유여행이라는 말로 다듬어 쓰는 것이 좋겠다는 생각입니다.

안내자 없이 생면부지의 낯선 땅에 덩그러니 위치한다고 하는 것은
일찍이 경험하지 못한 어려움이었습니다.
출발하기 전에 해당 지역의 지도를 보고 도상훈련을 많이 했습니다.
건물의 위치와 도로의 연결 상태 먹거리와 관광할 곳을 꼼꼼히 챙겨
이미지 트레이닝을 했지요.

막상 현실로 접하고 보니 지도를 통해 본 것과
도시의 윤곽은 상당히 낯선 모습으로 다가왔습니다.
물론 지도는 정확했지만 2차원적인 모습에서 3차원으로의 접근이
참으로 어려웠던 것이지요.
그중에서 가장 중요한 것이 바로 현재의 위치를 아는 것이었습니다.

아무리 지도가 잘 되어있고 머릿속에 암기가 잘 되어 있어도
현재의 위치를 잘못 파악하면 의미가 없습니다.
우리가 살아가는 것도 비슷합니다.
현재의 위치는 삶의 가장 기본적인 척도가 됩니다.

마음 농사

내가 어디에 있는지. 무엇을 해야 하는지
어떤 역할을 해야 하는지, 현재의 위치가 중요합니다.
세상은 상대주의를 닮아있습니다.
어차피 혼자 살 수 없는 것이 인생이고 보면
더불어 사는 삶 속에서 자신의 위치를 찾아서 처신하는 것이
참으로 중요한 것임을 깨닫는 아침입니다.

IIIIII
배치표 인생

지금 고3 학생들은 수시 원서를 쓰면서
다가오는 수능 준비에 바쁜 시절입니다.
원서를 쓰다 보면 해마다 입시학원에서 배포하는
전지 크기의 배치표를 보게 됩니다.

대학과 학과를 성적순으로 죽 나열해 놓고
내신과 수능성적에 따라 갈 수 있는 대학을 선택할 수 있도록
만들어 놓은 표이지요.

성적이 정해지고 나면
적성과 흥미는 잊혀집니다.
배치표라는 장판지에 인생을 올려놓고

장래를 저울질하는 경우가 참으로 많습니다.

물론 현실적인 이유일 수도 있겠지만
초, 중, 고를 통한 12년의 세월이
그 조그만 배치표에 축약되어 정리된다고 생각하면
왠지 씁쓸한 마음을 금할 길이 없습니다.

세상에 나오면 인생의 배치표는 사라집니다.
삶엔 오답이나 정답이 있을 수 없는 것이고
살아온 과정이나 경험치에 의하여 자리가 매겨지는 것도 아닙니다.

어쩌면 인생의 배치표는 자신만의 것일 수 있습니다.
그 잣대가 경제가 되었든 위치가 되었든 권력이 되었든 자아실현이 되
었든 간에
내가 써내려간 역사임에는 틀림이 없기 때문입니다.

오늘도 하루라는 펜을 잡고 인생 위에 섭니다.
무엇을 쓰고 그려야 할지는 오로지 나의 몫인데도
가끔은 남의 그림만 바라볼 때가 있습니다.
내가 삶을 주도적으로 살아내지 못하면
끌려가는 인생이 될 수도 있는 것인데 말입니다.

마음 농사

||||||

체면 문화

"양반은 물에 빠져도 개헤엄은 치지 않는다."라는 속담이 있습니다.
"냉수 먹고 이빨 쑤신다."라는 속담도 있지요.
이 모두가 체면 문화 덕에 생겨난 속담입니다.

미국이나 유럽에서 좀처럼 찾아보기 힘든 체면 문화는
자존심의 동양적 표현입니다.
자존심이 자기로부터의 가치 인식이라고 한다면
체면은 남으로부터의 가치판단이라는 것이 다른 것이지요.

우린 유독 남의 시선에 약한 문화를 갖고 있습니다.
즉 체면이란 외형화된 자기로써 사회적 자존심이라고도 할 수 있지요.
하지만 외연에 사로잡혀 정작 중요한 내면을 놓치고 있지는 않나
돌이켜 볼 필요가 있습니다.

즉 남의 시선에 기대어 생활할 것이 아니라
자기만의 철학을 갖고 살아가라는 말씀이지요.

아내가 무서워 튀는 옷을 입혀주는 대로 입고 출근한 회사원은
남의 시선 때문에 하루 종일 불안합니다.
자기를 본 모든 사람이 튀는 옷을 주목하고 기억한다고 생각하지요.

하지만 사람들은 남의 일거수일투족을 다 기억해줄 만큼 여유롭지 못합니다.

아주 극소수의 사람만이 관심을 갖고 보게 되는 것이지요.

좋지 않은 일로 신문에 이름과 사진이 게재되었다고 해서 좌절할 일도 아닙니다.

물론 지인들에게 깎인 체면을 추슬러야 하겠지만

그 소수의 지인을 제외한 타인은 아무도 그를 기억해주지 않습니다.

여러 종류의 신문을 꼼꼼히 읽는 독자라고 해도 마찬가지이지요.

동양에서는 수치심 문화가 발달되어 있다면

서양에서는 죄의식 문화가 발달되어 있습니다.

체면을 중시하는 수치심 문화 속에서는 죄를 짓는 것보다

죄가 알려지는 것이 더 부끄러운 일입니다.

그러니 발각되지만 않는다면 잘못을 반복할 가능성이 큽니다.

죄의식 문화는 양심문화입니다.

남과 관계없이 자신의 행동이 판단의 중심이기 때문에

스스로 같은 잘못을 반복할 가능성이 작지요.

남부끄럽다. 남세스럽다. 남의 이목이 있다. 남 보기에 창피하다….

남을 앞세워 체면을 중시하는 우리들이 늘 하는 말입니다.

마음 농사

양심문화가 옳고 체면 문화가 그르다는 것을 이야기하는 것이 아닙니다.
남을 지나치게 의식하는 명분 때문에 실리를 잃는 경우가 많고
자기 자신의 인생임에도 남의 눈치 때문에
보이기 위한 겉치레 인생이 될까 염려되기 때문입니다.

가끔 체면을 구겨도
옳다고 느끼는 것에 대해서는 끝까지 주장할 수 있어야 하고
남의 시선에 비추어 살 것이 아니라
자신의 양심에 비추어 사는 삶일 수 있어야 합니다.

||||||
자연은 가장 위대한 스승입니다

도시 생활을 하면서 자연과 괴리된 삶을 살아가는 것이
정서적 메마름의 원인이라고 한다면 가혹한 표현일까요?

풀씨 하나가 떨어져 싹을 틔웁니다.
이 풀씨는 스스로가 주인이 되어 깨어납니다.
따사로운 햇볕과 쓰다듬는 바람
촉촉한 빗물, 포근한 흙은 풀씨가 깨는 데 도움이 되기는 하지만
스스로 깨어난 것은 풀씨인 것이지요.

스스로 삶의 주인이 되는 것이 중요한 것입니다.

나그네는 결과물만 취하는 것에 연연하지만

주인은 과정의 어려움을 즐기고 주변도 함께 돌보는 널널한 마음을 갖습니다.

"상추를 뜯어가라." 하면 객은 상추만 달랑 뜯어가지만

주인은 솎아주기 및 잡초제거까지 같이 하는 것과 같은 이치이지요.

자연은 기본적으로 더불어 살아갑니다.

자기 것만 챙기는 이기주의적 관점에서 살아가는 것이 아니라

땅을 공유하고, 햇빛을 공유하고, 결실을 공유하고

생명이 다한 뒤에도 분해과정을 통해 공유의 삶을 지속합니다.

자연은 느림입니다. 하지만 어느 순간일지라도 쉬거나 멈춤이 없습니다.

우리는 성장의 단편만 봄으로써 영속성을 잊기 쉽습니다.

느리지만 꾸준함은 우리가 자연에서 배워야 할 가장 큰 가치입니다.

교육이나 독서를 통해 배우는 것도 중요하지만

장엄하게 솟아오르는 오메가 해돋이나

끝 간 데 없이 펼쳐진 숭고한 너름의 미학이 존재하는 평원

하늘이 보이지 않도록 빽빽하게 극상을 이룬 숲

오랜 여운을 남기며 지는 황금빛 노을….

자세히 보면 깊은 감동과 행복을 느낄 수 있습니다.

더 좋은 것은 이 모든 것이 자연이 무료로 주는 혜택이라는 것이지요.

이 기쁨을 취함에 금하는 사람이 없고
아무리 많은 사람이 함께 나눠도 줄어들지 않는….

가을, 코스모스가 지천인 옛 켐페이지 앞에 서서
무한한 감동을 느끼며….

||||||
마음 농사

가을엔 하늘이 유난히 푸릅니다.
청명한 하늘 아래 쏟아지는 햇살을 온몸으로 느끼는 것은 참 좋은
일입니다.
바람이 불어와 머리칼을 간질이는 것도
비가 추적추적한 날 부침개 한 소당에 바흐의 음악을 듣는 것도
낙엽 지는 날 싸리비를 들고 마당에 서는 것도
다 참으로 좋은 것입니다.

어찌 보면 1년 365일이 안 좋은 날이 없습니다.
더우면 더운 대로, 추우면 추운 대로의 즐거움이 있으니까요.
그런데 그런 좋은 마음을 느끼려면 우리 마음속을 좋은 것으로
채울 수 있어야 합니다.
사랑, 행복, 배려, 관심, 용서….

이런 마음을 품고 살아간다면 우리의 삶이 참으로 행복한 날들로 채워질 것입니다.

간디의 일화가 있습니다.
기차에 오르던 간디가 실수로 신발 한 짝을 떨어뜨리고 말았습니다.
하지만 기차가 너무 빨라 신발을 주울 수 없었습니다.
그러자 간디는 나머지 한 짝도 벗어 던집니다.

그것을 본 친구가 이유를 물었지요.
간디가 온화한 미소를 지으며 대답했습니다.
"누군가 저 신발을 줍는다면 두 짝이 다 있어야 신을 수 있을 것 아닌가?"
작은 마음 씀씀이가 세상을 아름답게 합니다.

원효가 해골바가지 물을 벌컥벌컥 마시는 행위를 통해 깨닫지 않아도 우린 스스로 마음먹기 나름이라는 것을 알고 있습니다.

한 나라를 다스리는 대통령이나
남들이 별로 부러워하지 않는 하찮은 직종에 근무하는 사람이나
마음은 다 같은 것입니다.
마음이 삶의 본질을 이루고 있는 것이니까요.

우리는 마음을 가짐이라고 표현합니다.

마음 농사

마음을 가질 수 있다는 것은

반대로 놓아버릴 수도 있다는 것을 의미하지요.

우리가 살아가면서 겪는 것은 10%이고

그에 대응하는 마음이 90%라는 말씀이 있습니다.

어떤 마음을 갖고 살아가느냐 하는 것이 참으로 중요한 이유이지요.

위대한 사람은 이 마음 농사를 잘 지은 사람입니다.

ⅠⅠⅠⅠⅠ

이타자리(利他自利)

이타자리(利他自利) 남을 이롭게 하는 것이 곧 자신을 이롭게 하는 것
이란 성어입니다.

사랑이란 뿌릴수록 더 커지는 것이고 나눌수록 더 아름다워지는 것
입니다.

현대를 가리켜 흔히 자기 PR 시대라고 말합니다.

그래서 자기 PR에 열중이고 속된 말로 '튀려고' 안간힘을 씁니다.

그런데 PR에 성공하여 각광을 받은 사람이

그 지위를 오래도록 유지하는 경우는 흔치 않습니다.

대부분의 경우에는 자신의 욕심 때문에

또한, 조그만 실수의 누적이 원인이 되어
그 무대에서 내려오게 되지요.

남을 위하는 것이 나를 위하는 기초가 된다는 말은
어쩐지 공리적(功利的)인 냄새가 납니다.
이기적인 세상에서 이타심을 가지라는 말씀이 공허하게 들릴 수도 있
습니다.

서양에서 많이 쓰는 말 중에 논시비(Non Sivi)가 있습니다.
나 자신을 위해서가 아닌 다른 사람을 위하고,
넓게는 국가와 세계를 위하여 살라는 라틴어가 어원인 단어입니다.
또 'Not for self.'라는 표현도 있지요.
나 자신만을 위해 살지 말라는 말씀이지요.
이 세상을 살아가는 데 있어서 꼭 필요한 것이 돈입니다.
그러나 지나친 소유는 우리를 가난하게 합니다.
무조건 돈을 벌면 다 행복해질 것 같지만
욕심과 과다한 소유로 인해 불행해진 경우도 많습니다.

그렇다고 돈을 우습게 여겨 가난하게 살아서도 안 됩니다.
"나물 먹고 물 마시고 팔 베게 하고 누었으니 즐거움이 여기에 있도다."
(飯疏食 飮水 曲肱而枕之 樂亦在其中矣.)
공자님의 말씀이지만 이런 삶은 옳지 않습니다.

마음 농사

욕심에 정신이 팔려 자린고비 인생을 사는 사람이나
나물 먹고 물 마시고…. 이런 회피적 삶을 사는 사람의 공통점은
모두 자기만 아는 이기적인 사람이라는 것입니다.

요즘 아이들을 봅니다.
황금만능주의에 물들어 있고, 남을 배려하지 않으며
나의 이익을 위해서는 국가가 어떻게 되든지 관심이 없고
오로지 자기 자신의 이익에 함몰되어 사는 경우를 봅니다.

우리 스스로 남을 위해 사는 삶까지는 이르지 못할지라도
배려하는 삶을 살았으면 좋겠습니다.

‖‖‖‖

고구마를 캐며

인간은 태어나서 죽을 때까지
크고 작은 일들을 겪으며 살아갑니다.
단지 자신의 기쁨은 적게 보이고
남의 기쁨은 크게 보이며,
자신의 고통은 크게 느끼고
남의 고통은 작게 느껴지는 특징이 있지요.
이것이 보통 사람들이 느낄 수 있는 감정입니다.

엊그제 고구마를 캤습니다.

고구마 캘 때 주의할 사항은 고구마 표면에 흠집을 남기지 않는 것입니다.

흠집이 있으면 오래 두고 먹을 수 없습니다.

요즘은 삼지창 같은 구근류를 캘 수 있는 도구가 나와 있습니다.

그것을 이용하면 좀 더 쉽게 흠집 없는 고구마를 캘 수 있지요.

한참 구슬땀을 흘리며 고구마를 캐고 있는데

아내가 옆에서 도구를 달라 합니다.

무심결에 받아든 도구의 무게가 너무 무거운 것에 놀라고

또한, 땅을 헤집는 것이 쉽지 않은 것에 놀랍니다.

남이 하는 것을 보면 너무나 쉬워 보이는데

정작 내가 하려면 참으로 어려운 것이 인생입니다.

어려서 도리깨질을 하거나, 탈곡기를 돌리면서

일이란 쉬움과 재미와는 거리가 멀다는 것을 실감 나게 깨달을 수 있었습니다.

어둠이 깊을수록 별이 빛나듯이

어려운 일일수록 성취의 기쁨 또한 큰 것입니다.

무지개는 이슬비가 아니라

소나기가 온 뒤에 볼 수 있습니다.

마음 농사

그 소나기의 어려움을 견뎌야
찬란한 무지개를 볼 수 있는 기회가 생깁니다.

별이 새벽에도 잠들지 않는 것처럼
꾸준함도 우리가 갖춰야 할 큰 덕목 중에 하나입니다.

||||||
침묵하기

남자는 하루에 약 1만 단어를 이야기하고
여자는 2만 단어를 이야기한다고 합니다.
말은 인간을 인간답게 하는데 가장 발전적이고
획기적인 매체임에는 틀림이 없습니다.

그러나 때로는 침묵이 천 마디 말보다 낫습니다.
부부 싸움을 하고 흥분한 상태로 부모님과 친한 친구들에게
전화를 걸어 이렇게 말한 아내가 있습니다.
"이제 더 이상은 못 참아, 이혼해야겠어~."

다음날 흥분이 가라앉고 냉정을 되찾으면
괜히 화를 냈다 싶어 화해를 합니다.
문제는 전화를 한 사람들에게 다시금

뒷수습을 해야 한다는 슬픈 현실이 남겨진 것이지요.

품위 있는 인생을 살려면 입을 잘 다스려야 합니다.
그래서 1, 2, 3 대화법이라는 것이 있습니다.
한 마디 말하고 두 마디 듣고
세 번 맞장구치라는 것이지요.
이 모든 것의 중심엔 '잘 듣기'가 놓여 있습니다.

불가에서는 '黙言修行(묵언수행)'이라는 것이 있습니다.
수행기간 동안 말을 하지 않는 것이지요.
언어는 단순히 입으로 나타내는 표현뿐 아니라
생각을 구체화하는 도구이기도 합니다.

묵언이라는 것은 '말하지 않는 것'만을 의미하는 것은 아닙니다.
마음에 온갖 생각을 만들어 대화를 하고 있다면
그것은 참된 묵언이 아닌 셈이지요.
묵언이란 집중을 통하여 온갖 망념과 생각을 버리고
고요한 마음에 이르는 것입니다.

침묵은 말없음표가 아니라 말줄임표입니다.
이는 입을 열어 말하는 것보다
더 강한 느낌을 전달할 수 있기 때문입니다.

마음 농사

그래서 침묵은 위대합니다. (Great Silence)

||||||
미인대칭

지구 상에서 미소를 지을 수 있는
유일한 동물이 인간입니다.
그리고 얼굴 표정만으로도 수많은 감정을
전달할 수 있는 놀라운 능력을 가진 것도 인간뿐이지요.

미소는 우리가 갖고 있는 가장 행복한 몸짓입니다.
미소는 예산이 동반되지 않고서도 많은 것을 이뤄냅니다.
그러나 미소 짓는 것은 쉬운 일은 아닙니다.
마음이 웃지 않으면 결코 환한 웃음을 지을 수 없습니다.
잔잔한 미소는 인생의 윤활유입니다.

인사는 섬김의 시작입니다.
고개 숙여 하는 인사는 상대방에 대한 배려이고
반가움의 표현이며, 세상살이의 시작입니다.
인사는 인간관계의 열쇠입니다.

대화는 영혼의 호흡입니다.

개그콘서트에 '대화가 필요해'란 코너가 있었습니다.
어쩌면 우리 사회와 생활 전반에 필요한 건 대화입니다.
막힌 장벽을 허물고 이해의 폭을 넓히는 것은 대화만 한 것이 없습니다.
대화는 세상으로 향하는 창입니다.

칭찬은 사랑의 향기입니다.
칭찬은 마취제 같아서 자기가 모르는 사이에 영향을 받게 되며
무의식중에 작용하여 행동을 변화시키는 힘이 있습니다.
칭찬은 인생의 다이아몬드입니다.

미인대칭, 미소와 인사와 대화와 칭찬은
우리 인생을 잘 굴러가게 하는 네 개의 수레바퀴입니다.
중요한 것은 남이 나에게 다가와 주기를 바라기 전에
내가 먼저 미소 짓고, 대화하고, 인사하고, 칭찬하는 적극적인 삶입니다.

‖‖‖‖

사명산을 오르며

가을 속에서 사명산에 올랐습니다.
양구의 초입에서 꼬불꼬불한 옛길을 따라 한참을 가다 보면
사명산 초입을 만날 수 있습니다.

마음 농사

산이 주는 태고의 순수와 신비로운 자연의 모습
아무런 잡티가 섞이지 않은 흙내음
산의 깊은 호흡
자신을 물들여 자연으로 보내고자 준비하는 갈잎….

길가에 피어난 우산취의 보랏빛 꽃이 햇살 아래 정겹고
겨울나기를 준비하는 다람쥐의 분주한 몸짓이 귀엽고
사람의 손길이 미치지 않은 다래와 머루가 신선하고
뿌리에 실하게 햇살을 담은 둥굴레와 삽추가 풍요로웠습니다.

산 정상에 서니 시원한 바람과
눈앞에 탁 트인 일망무제의 산하가
올망졸망 앞서거니 뒤서거니 이어져 있는 산맥의 줄기가
왼쪽엔 파로호 오른쪽엔 소양호의 푸름이 참으로 정겨웠습니다.

멀리 미니어처처럼 민가들이 띄엄띄엄 보이고
달리는 자동차가 개미보다 작게 보입니다.
이렇게 높은데 올라 인간세를 내려다보면
내가 마치 탈속한 신선이 된 느낌이 듭니다.

아울러 삶에 찌들고 고뇌하고 아웅다웅하던 일상의 소소함에서
한 발짝 물러나 좀 더 너른 마음으로 세상을 보게 됩니다.
삶의 무거운 짐을 지고 올라가 다 내려놓고

빈 마음으로 내려오는 느낌은
그 자체가 평화입니다.

저무는 햇살에 기대어 내려오는 길
몸은 지치고 힘들었지만 마음이 넓어진 느낌에
참으로 뿌듯한 하루였습니다.

||||||
은행털이

가을이 내린 대지는 온통 색의 향연에 취해 있습니다.
그중에 으뜸은 단풍나무보다는 은행나무가 아닐까 합니다.
샛노란 색으로 햇살을 받아 빛나는 은행잎은
그저 바라만 보아도 풍성함이 넘칠 듯합니다.

혈행에 도움을 주어 심혈관계에 좋다는 은행나무는
활엽수의 모습을 하고 있지만 실은 침엽수랍니다.
넓은 잎을 자세히 보면 하나하나 작은 잎으로 갈라져 있음을
알 수 있으니까요.

은행털이의 계절이 되었습니다.
잎이든 열매든 은행처럼 연약한 식물이 있을까요?

마음 농사

조금 추워진 초겨울 언저리에서 그리 심하지 않은 바람에도
길바닥에 질펀하게 은행과 잎을 깔아 놓으니 말입니다.

산속에서 가을을 지키는 것이 단풍이라면
도심에서 가을을 지키고 있는 것은 은행입니다.
주택가나 도로변에서 흔하게 볼 수 있는 은행나무이지만
오히려 그 친근한 풍광이 가슴 벅찬 감동으로 다가오는 것이지요.

오늘 퇴근 무렵에 화천에 들러
마당가에 심긴 은행을 털었습니다.
땅이 안 보이게 깔린 은행을 주워 담으면서
돈 냄새인지 은행 냄새인지 그 독한 냄새가
좋은 것에는 항상 불편함이 따른다는 것을
침묵으로 시위하는 것 같은 느낌이 들었습니다.

몸은 힘들었지만 포대에 담긴 은행을 보고 있노라니
가을이 노래하는 풍요로움이
저무는 가을 햇살에 행복으로 스며들었습니다.

사랑의 유통기한

사랑에 나이는 관계가 없어 보입니다.
황혼에 재혼을 하는 사람일지라도 그 사랑의 경험치는
20대의 사랑과 별로 다를 것이 없습니다.
따라서 사랑을 20, 30대의 전유물로 여기는 것은 옳지 않습니다.
마음엔 나이테가 생기지 않으니까요.

사랑에도 유통기한이 있을까요?
영화 중경삼림에서 주인공 금성무는
"사랑에도 유통기한이 있다면 나의 사랑은 일만 년으로 하고 싶다."
라고 했습니다.
대륙 특유의 과장된 표현이라고 할 수 있지만
이 일만 년이란 긴 시간의 염원은
현실에서 너무나 짧은 사랑의 반어적 표현이 아닐는지요.

통계에 따르면 사랑의 유통기한은 약 3년이라고 합니다.
연애 초기에는 설렘과 행복함이 가득하지만
1년, 2년 지나다 보면 사랑보다는 당연함으로 인식되기 때문입니다.

세월은 시장에 유통되는 상품을 변질되게 만들기도 하지만
친구와의 우정이나 연인 간의 사랑을 퇴색하게 하기도 합니다.

마음 농사

죽을 것같이 불같은 사랑을 하던 사람도
유통기한이 넘어가면 감정적으로 시들해지기도 합니다.

내 남자의 유통기한
내 여자의 유통기한을 좀 더 길게 가져가려면

첫째는 욕심을 줄여야 합니다.
인간은 기본적으로 누구에게 속해있는 존재가 아닙니다.
그럼에도 불구하고 상대방을 온전한 나의 것으로 소유하고 싶은 생각이
드는 것도 사실입니다.
실제 소유할 수도 없는 대상임에도 소유라는 카드를 꺼내 들면
결과는 상대에 대한 실망과 증오로 나타납니다.
겸허하게 인정하고 존중해 주는 자세가 필요한 것이지요.

둘째는 같은 취미생활이나 지적유희를 가지는 것이 좋습니다.
사랑하는 사람을 존경하면 안 된다는 법 조항은 없습니다.
따라서 존경심을 가질 수 있도록 꾸준한 모습을 보이는 것이 중요하고
상대방에게 존경을 표하는 빈도를 높이는 것이 중요합니다.

사랑의 유통기한
그것을 정하는 것은 오로지 사랑하는 두 사람의 몫이지만
커플의 노력에 따라 6개월이 될 수도 있고
인생의 마지막 날까지 이를 수도 있는 것입니다.

현재 진행 중인 당신의 사랑 유통기한은 어떠한가요?

||||||
인 류

이 광활한 우주에 우리 인류가 시작될 수 있는 행성이 나타나기까지는 100억 년이라는 장구한 세월이 요구되었습니다.

그리고 행성이 생긴 이후에도 인류가 생존하기에 적합한 환경을 갖추는 데도 무려 30억 년의 세월이 필요했지요.

이렇게 인류가 세상에 정착하기 위해서는 엄청나게 오랜 세월이 필요했습니다.

인류는 수백만 년의 진화의 결과를 거쳐 오늘에 이른 것으로 알려져 있습니다.

대부분은 힘겨운 환경과, 부족한 식량과의 사투 끝에 이룬 업적이지요.

우리 인류의 역사의 대부분은 사바나에서 수렵생활을 하고 살았습니다.

사바나에서 과일과 낟알로 연명하고

연약하여 먹는 대로 지방으로 저장해야 삶을 유지할 수 있고

쓸모없이 열량을 소모하는 근육은 필요량 이상 유지하지 않고

위험한 동물을 만났을 때 빨리 도망갈 수 있도록 하체가 발달되어 있습니다.

마음 농사

현재 우린 위험 상황 없이 편히 앉아서 배불리 먹고 살지만
몸 자체는 사바나에 고정되어 있습니다.
그래서 먹는 대로 저장하는 굶주린 생존법을 갖고 있지요.
그것을 우린 사바나의 법칙이라고 이야기합니다.

어쩌면 우리 조상들은 육식보다는 채식에 가까운 생활을 하였습니다.
산에 오르면 잘 익은 열매를 만날 때가 있습니다.
빨간 열매를 보면 입에 침이 고입니다.
먹고 싶다는 생각이 무의식적으로 지령을 내린 탓이지요.
하지만 멧돼지나 고라니처럼 살아있는 동물을 보고 침을 흘리는 사람은 없습니다.
이는 우리가 초기에 초식동물로서 살아왔다는 반증이 아닐는지요.

필요 이상으로 긴 창자와
물어뜯기보다는 잘게 부수기에 알맞은 치아의 배열을 보더라도
우리가 초식 또는 채식이 위주였다는 사실을 부인할 수는 없습니다.
육식을 많이 하는 것은 인류가 최근에야 이룬 업적(?)입니다.

인류라는 말은 양서류, 파충류, 어류, 조류처럼 스스로 동물의 종을 규정한 것과 일반 다르지 않음에도
사람을 다른 동물과 구별하여 이르는 말로 사용되고 있습니다.
어쩌면 인류라는 말엔 인간의 오만함이 들어있는지도 모르겠습니다.
포유류라는 포괄적인 종이 있는데 굳이 인간만을 따로 떼어 내 쓰는

것을 보면요.

인류의 눈부신 발전은 이제 신의 경지를 넘보게 되었습니다.
이제 불편한 환경을 스스로 바꾸고
인간의 몸을 재설계하며
유전자를 조작하여 생산력을 극대화합니다.

지금까지는 지구에 남아있는 가장 성공적인 종임에는 틀림이 없지만
지나친 문명의 발달을 잘 관리하지 않으면
과도하게 발달한 문명 때문에
멸종에 이른 최초의 개체가 되는지도 알 수 없는 일입니다.
우리가 자연 앞에 겸손해야 할 큰 이유이지요.

||||||

나폴레옹 콤플렉스

저에겐 키에 대한 원초적 절망이 있습니다.
중고등학교 때엔 키순서대로 번호가 부여되었는데
65명 중에 10번을 넘긴 적이 없었고
교련시간 열병을 하더라도 키 작은 맨 뒤가 저의 고정 자리였습니다.

키가 큰 사람은 다른 층의 공기를 마시며 살아가는 것 같아

늘 부러움의 대상이었지요.

어렸을 때 열심히 성장하려고 무려 5살까지 엄마 젖을 먹었는데

그것이 기럭지를 늘이는 것에는 별 도움이 되지 않았나 봅니다.

전 세계를 손아귀에 넣고 "내 사전엔 불가능은 없다."라고 말한

나폴레옹은 키가 작았다고 합니다.

그래서 키 작은 사람들이 갖는 키에 대한 콤플렉스를

나폴레옹 콤플렉스라고 이야기합니다.

『키는 권력이다』란 책이 있습니다.

키 작은 사람들은 실제 삶에서 건강과 취업, 보수, 결혼

자녀양육 모두 불평등한 위치에 놓여 있다는 것이

이 책에서 주장하는 내용입니다.

키 큰 사람이 정말 리더십이 뛰어난가에 대한 정확한 고찰이 없는데도

리더를 기르는 사관학교 입학 조건에는 최저신장을

정해 놓고 있을 뿐만 아니라

키가 작은 사람은 아예 군대를 갈 기회마저 주지 않습니다.

큰 키에 대한 선호는 어쩌면 초기 인류가 사냥이나 생산 활동을 하는

데 있어서

큰 키가 유리하게 작용했기 때문일 가능성이 있습니다.

유전적으로 우수한 자녀를 낳고 싶은 여성들은 키 큰 남성에 열광했

을 가능성이 크고요.

현대는 힘으로 살아가는 시대가 아닙니다.

힘쓰는 것은 모두 기계가 대신하는 시대가 된 것이지요.

그로 인해 부족해진 근육량을 헬스클럽에서 보충하는 이상한 시대이
기도 하지요.

지구 상에 100억 인구 시대를 바라보면서

식량문제를 해결할 수 있는 좋은 방법 중의 하나는

인간의 키가 현저하게 작아지는 것도 한 가지 방법인데 말입니다.

고민으로 키를 1cm도 키울 수 없는데도

삶의 질과 키는 정비례관계가 아니란 것을 알고 있는데도

키 큰 사람이 부럽고

"작은 고추가 맵다."라는 속담이 위로처럼 들리니 문제입니다.

마음 농사

흐르는 강물처럼

성숙한 사람들은 애써 움켜쥐려 하지 않습니다. 흐르는 대로 그냥 놓아두는 미덕을 갖고 있지요. 강이 유유히 흐르듯이 흐르는 물결에 몸을 맡기고 세파의 질곡에서 자유를 얻는 것도 행복으로 가는 지름길이 아닐까 하는 생각을 해 봅니다.

흐르는 강물처럼

강은 매번 있는 위치에 그냥 머물러 있는 것 같지만
강가에 서면 쉴 없이 흐르는 물결과 마주하게 됩니다.
어디서 저렇게 많은 물이 나와 줄기를 이루며 흘러갈까?
자못 궁금해지기도 하지요.

강은 흐를 때 본연의 모습으로 기능할 수 있습니다.
멈추면 호수를 이룰 수는 있지만
흐를 때보다는 쉽게 오염에 노출될 수 있습니다.
그러니 쉴 없이 흘러야 합니다.

흐른다는 것은 놓아둠과는 다른 표현입니다.
세상을 살다 보면 움켜쥐고 싶고, 더 많이 가지고 싶어집니다.
그것이 심하면 집착이 되고 집착이 크면 불행이 되지요.

심리학자 매슬로우는 5가지 욕구 단계를 주장했습니다.
1단계는 생리적 욕구
2단계는 안전의 욕구
3단계는 애정의 욕구
4단계는 존경의 욕구
5단계는 자아실현의 욕구가 그것입니다.

우린 1, 2단계의 후진적 욕구에서 멀리 벗어나 있습니다.
그러면 이제 좀 더 여유를 가지고 자신을 돌아보고
편안해질 수 있어야 하는데도 불구하고
아직 욕심의 덫에서 헤어나지 못하는 경우가 많습니다.

사회적으로 개인의 성숙도는 참으로 중요합니다.
그리고 성숙한 사람들은 애써 움켜쥐려 하지 않습니다.
흐르는 대로 그냥 놓아두는 미덕을 갖고 있지요.

강이 유유히 흐르듯이
흐르는 물결에 몸을 맡기고
세파의 질곡에서 자유를 얻는 것도
행복으로 가는 지름길이 아닐까 하는 생각을 해 봅니다.

||||||
오직 인간만이 쓰레기를 만듭니다

지구 상에는 약 140만 종의 생명체가 살아가고 있습니다.
저들 나름대로 삶의 방식대로 살아가고 있지만
살면서 쓰레기를 발생시키지는 않습니다.

그들은 자연 속에서 섭생을 하며 순환 가능한 물질을 배출함으로써

흐르는 강물처럼

다시 자연으로 돌려보내는 순환 고리를 갖고 있기 때문입니다.
하지만 인류의 삶을 보면 왠지 부끄러워집니다.

개체 수가 많이 불어난 것은 어쩔 수 없다고 하더라도
쓰고 버리는 문화 덕에 온 지구촌이 쓰레기로 몸살을 앓고 있기 때문
입니다.
특히 인간이 되돌릴 수 없는 불가역적인 쓰레기를 생산하고 있는
지구 상의 유일한 종이라는 것이지요.

플라스틱이나 비닐류, 유리병, 각종 화학제품이 첨가된 강화제품
이런 것들은 스스로 분해 능력이 없을뿐더러
다른 생명체들도 이런 쓰레기를 처리할 수 없습니다.
지구 상의 한편에 쌓여 오염원이 될 뿐이지요.

현대 인류가 살아가는 것은 쓰레기를 발생시킨다는 다른 표현입니다.
편리함을 내세워 미래를 잠식하는 어리석음을 범하고 있는 중이지요.
대형마트에 갈 기회가 많습니다.
진열대를 가득 메우고 있는 수많은 상품 포장지의 대부분은
가정에 도착하자마자 쓰레기라는 이름으로 배출됩니다.
집집이 설치되어 있는 수세식 변기도 참으로 위생적이고 깨끗하지만
그건 집안에서만 깨끗한 것이지요.
그 오수가 모여 처리장에 도착하면 물을 정화하느라 참으로 많은 예
산이 들어갑니다.

우리 사무실에 근무하는 선생님은 아침마다 차를 타 주십니다.
감사한 마음으로 아침을 시작할 수 있지요.
그분은 일회용 종이컵이 옆에 있는데도 꼭 머그잔을 이용합니다.
차 한 잔과 더불어 환경을 생각하는 그분의 마음까지 덤으로 얻으니
감사한 일이지요.

쓰레기는 쓸모없게 되어 버려야 할 것들을 통틀어 이르는 말이지만
도시 광산이란 말처럼 다시 살려 쓰면 좋은 자원이 됩니다.
꼭 버려야 할 것이라면 최소한으로 한정하는 것이 옳고
아울러 쓰레기만 버릴 것이 아니라
우리 인생에서 불필요한 욕심과 욕망도 함께 버렸으면 좋겠다는 생각
을 합니다.

||||||

쓰지 않으면 녹슬게 됩니다

문밖에 나서면 온 천지가 색의 향연에 흠뻑 취해 있고
세월과 이별을 고하는 낙엽의 쇠락한 모습 속에 가을이 저물어갑니다.
잠시도 눈을 뗄 수 없는 환상적인 가을 풍경에
마치 동화 속에 들어와 있는 느낌을 지울 수 없습니다.

밤이 길어 책 읽기에 좋은 계절이기도 하지만

흐르는 강물처럼

밖에 나가 운동하기에도 좋은 계절입니다.

오랜만에 마음먹고 자전거를 타려고 아파트 앞 거치대에서 자물쇠를 풀었습니다.

그런데 오래 사용하지 않은 관계로 바퀴에 바람이 다 빠져서 탈 수 없는 상태가 되어 있었습니다.

매일매일 사용했더라면 괜찮았을 자전거가

방치된 세월 앞에서 사용이 불가능하게 되어 버린 것이지요.

꾸준히 사용하지 않으면 무디어지거나

못 쓰게 되어버리는 것이 많습니다.

집도 사람이 살지 않으면 쉬 망가지게 되어있고

열쇠도 사용하지 않으면 쉬 녹슬게 됩니다.

심지어 몸의 관절도 깁스를 하고 나면 굳어지게 되어

상당 기간 물리치료를 하지 않으면 기능을 회복하기 어렵습니다.

세상의 이치를 따르면 쓰면 쓸수록 망가져 가는 것이 맞는 것인데

현실은 안 쓰고 방치하는 것이 사용하는 것보다 훨씬 빨리 망가져 갑니다.

그것이 구르는 돌에 이끼가 끼지 않는 이유일 것이며

흐르는 물이 썩지 않는 이유일 것입니다.

우린 몸을 움직이는 것을 육체 활동이라 하고,

머리로 사고하는 것을 두뇌활동이라 합니다.
몸을 움직여야 건강하듯 두뇌도 움직여야 건강합니다.

그래야 생각이나 사고의 활동에 녹이 슬지 않습니다.
아무리 재능이 많아도 꾸준히 갈고 닦지 않으면 무뎌지기 마련입니다.
하지만 무딘 칼도 쉼 없이 갈고 닦으면 날카로워집니다.

녹슬어 버리는 것보다 마모되어 버리는 것이 더 아름답습니다.
퍼낼수록 마르지 않는 옹달샘처럼
주면 줄수록 깊어지는 사랑의 마음처럼
꾸준함이 인생을 아름답게 합니다.

||||||

치망설존(齒亡舌存)

노자에 나오는 이야기입니다.
노자가 병석에 누운 스승을 찾았습니다.
그러자 스승은 입을 벌리고 묻습니다.

　　스승: 내 혀가 아직 있느냐?
　　노자: 그렇습니다.
　　스승: 내 이가 아직 있느냐?

노자: 다 빠지고 없습니다.

스승: 왜 그런지 알겠느냐?

이에 노자는 대답하지요.

"혀가 남아 있는 것은 그것이 부드럽기 때문입니다.

이가 다 빠지고 없는 것은 그것이 강하기 때문입니다."

(夫舌之存也, 豈非以其柔耶. 齒之亡也, 豈非以其剛耶)

이에 스승은 "세상의 모든 일이 이와 같으니,

너에게 더 해 줄 말이 없다."라고 하였습니다.

잡초와 올리브나무의 이야기를 예로 들지 않더라도

치망설존의 노자 사상은 삶의 지혜를 돌이켜 보게 합니다.

요즘을 글로벌 세상이라고 이야기하고 세계를 향한 무한경쟁의

시대라고 이야기합니다.

강하고 남을 이기는 것만 추구하는 사회에서

부드럽게 남을 포용하는 것이 올바른 처세라는 노자의 말씀은

또 다른 방향에서 삶을 돌아보게 합니다.

또 이유제강(以柔制强)이란 말씀도 있지요.

부드러움이 강함을 이긴다는 말입니다.

또한, 진정한 부드러움이 극에 달하면 진정한 강함이 됩니다.

세상에 물처럼 약하고 부드러운 것이 없습니다.
하지만 끊임없이 떨어지는 낙숫물은
강하기 그지없는 주춧돌을 뚫습니다.

살아가면서 이빨로 남을 씹는 자는 망하지만
혀로 부드럽게 설득하는 이는 흥한다는 것을 깨달을 필요가 있습니다.

||||||

신이 내린 묘약

조선 선조 때의 기생이며 여류시인 매창(梅窓)은
다음과 같은 시를 남겼습니다.

贈醉客(증취객)

醉客執羅衫(취객집라삼) 취한 손님 사정없이 날 끌다가

羅衫隨手裂(나삼수수열) 끝내 비단 적삼 찢어 놓았네.

不惜羅衫裂(불석나삼열) 적삼 찢어진 것이 아까운 것이 아니라

但恐恩情絶(단공은정절) 다만 맺힌 정이 끊어질까 두렵네.

19금 냄새가 풀풀 나는 시이지요.
이 시는 취객에게 지어 바친 것입니다.
자신의 신세 한탄이나 떠나는 임에 대한 그리움이 아니라

흐르는 강물처럼

자기의 감정을 솔직하게 드러낸 작품이지요.
어쩌면 술이 매개가 되어 용감성이 더해졌을지도 모릅니다.

우리나라에서 1년 동안 소비되는 술의 양은
소주가 34억 병, 맥주가 56억 병이라고 합니다.
얼마나 많은 양인지 상상하기 어렵습니다.

어쩌면 문명국가에서 가장 많이 마시는 액체의 종류가
바로 술이 아닐까 합니다.
소설가 이외수는 이렇게 이야기하지요.
"술은 절망의 촉매제였고, 고통의 치료제였으며,
불행의 초대자였고, 위안의 동반자였다."

술이란 신이 내린 묘약임에는 틀림이 없는데
가끔 약효가 강해서
기억상실증 환자를 양산하기도 합니다.

음주 문화가 많이 좋아지긴 했지만
어느 정도 선을 넘으면 통제가 불가능한 것이 문제입니다.
유럽은 대화를 즐기기 위하여 술을 마시는데
우리는 술을 마시기 위하여 대화를 하는 것 같은 인상이 드는 것도
사실입니다.

물에 빠져 죽은 사람보다 술에 빠져 죽은 사람이 더 많은 세상입니다.
적당히 먹어야지 하는 생각으로 시작해서
항상 과음으로 끝나는 저의 음주 패턴도 반성해야 할 일입니다.

그래도 가끔은 퇴근 무렵 지인을 불러내 소주 한잔 걸치는 것이
삶의 윤활유가 된다는 생각이 듭니다.

그리고 음주 후에 행동을 조심해야 합니다.
술은 그 사람의 성품을 비추는 거울이기 때문입니다

||||||

해안을 가다

우리나라 사람에게 38선은 가슴속 응어리입니다.
위도니 경도니 하는 경계라는 것을 인지하지 못하고 살아왔던 순박
한 민족이 38선 덕분에 지구 상에 금을 그을 수 있는 위도가 존재한다
는 사실을 알게 되었습니다.

찬바람 불어 은행이 우수수 떨어져 포도 위에 뒹굴던 날
양구 해안을 찾았습니다.
이곳은 북위 38도 2분 정도 되는 곳으로 6·25 동란 전에는 북측에
속한 마을이었습니다.

흐르는 강물처럼

휴전을 앞두고 펀치볼 전투를 통해 수많은 젊은이들의 희생 위에
태극기를 꽂을 수 있었던 땅이지요.

아이에게 분지를 보여주고 싶다면 해안으로 오세요.
백문불여일견(百聞不如一見)이란 말씀도 있으니까요.
우리네 지명을 보면 분지에는 釜(솥 부) 자가 붙는 경우가 많습니다.
부산(釜山)의 원 시가지는 분지였고
온천으로 유명한 부곡(釜谷)도 솥처럼 분지의 형태를 띠고 있습니다.

그런데 우리나라 일 번지 분지 동네인 이곳은
바닷가가 아닌데도 해안이라는 독특한 지명이 붙었습니다.
한문으로 쓰면 '亥安'이지요.
예로부터 이 분지 안엔 뱀이 많았다고 합니다.
그래서 뱀의 천적인 돼지를 풀어 뱀을 퇴치하였다고 하지요.
해안(亥安: 돼지로 인하여 편안해짐)이란 명칭의 유래이기도 합니다.

해안의 독특한 지형은 운석충돌설로 주장하는 학자도 있지만
차별침식에 의하여 생성된 지형이라는 것이 정설입니다.
7억 5천만 년 전에 생성된 단단한 편마암을 뚫고
1억 5천만 년 전에 무른 화강암이 관입하였습니다.
장구한 세월 동안 화강암이 비바람에 깎여
오늘날의 모습을 이루었으니
전망대에 오르면 지형만 볼 것이 아니라

눈에 띄지 않는 세월의 흔적을 같이 느껴볼 필요가 있습니다.

중부전선에서 최대의 격전지였던 이곳은 17일간의 혈투로 인해
3천600여 명이 전사하였고 실종 인원만도 2만 명이 넘었다고 합니다.
영화 「태극기 휘날리며」의 주인공 장동건이 전사한 곳이기도 하지요.

을지전망대와 가칠봉 사이에는 큰 나무들이 있어야 하는데
실제로는 큰 나무가 없습니다.
미군이 방첩과 시야 확보를 위하여
1967년부터 고엽제 그라목손을 대대적으로 살포했기 때문입니다.
그때는 고엽제를 철모에 담아서 손으로 뿌렸다고 합니다.
환경과 건강에 대한 무지와 전쟁에 의한 상흔이
아직도 황폐화된 산천에 남아 그 비극을 이야기해주고 있지요.

날이 춥고 바람이 많이 불었지만 단풍은 아름다웠고
역사는 아프지만 마을은 평화로웠습니다.

||||||
사랑하기 좋은 계절

가을에서 겨울로 넘어갈 때가 사랑하기 좋은 계절입니다.
한여름 무더위 속에서 손을 잡는 것보다

흐르는 강물처럼

덥지도 춥지도 않는 맹숭맹숭한 봄가을의 스킨십보다
서로의 온기를 고마워할 수 있는 초겨울이
훨씬 더 유리하기 때문입니다.

사랑하는 사람에게 가장 좋은 표현은
시간을 함께하는 것입니다.
누군가에게 시간을 들인다고 하는 것은
그 사람에게 다시는 돌려받을 수 없는
내 삶의 일부를 주는 것이기 때문입니다.

가을은 사랑을 닮아 있습니다.
봄부터 고난의 여름을 견디고 모든 것이 익어가는 계절이지요.
하지만 조급하거나 성급하다면 열매는 채 익기도 전에 떨어집니다.
그래서 사랑은 무한한 기다림인 것이며
시간 속에서 여물어가는 것입니다.

낙엽이 풀풀 날리는 공원에 나갔습니다.
말은 없어도 "우리 사랑해요."라고 세상을 향한 외침인
커플티를 입은 청춘 남녀가 참 좋아 보입니다.
부러우면 지는 건데⋯. 부러움은 어쩔 수가 없네요.

옛날의 커플티는 똑같은 색과 디자인의 옷에 크기만 달랐는데
요즘은 남이 볼 때 분명 커플티인데도 조금씩 다른 디자인을

사용하는 경우가 많습니다.
그것이 똑같이 입는 커플티보다 훨씬 세련되고
잘 어울리는 분위기를 풍길 수 있기 때문입니다.

어쩌면 우리네 살아가는 방식도 그런 게 아닐까요?
똑같으면 쉽게 싫증 나고 싸움이 일어나기 쉽습니다.
하지만 차이를 인정하고 다름을 배려할 때
진정한 사랑을 느낄 수 있는 것이 아닐는지요.

지천명(知天命)이 지난 나이에
고목에 피는 꽃처럼
열정적인 사랑을 해 보고 싶다면 지나친 욕심일까요?

||||||

심외무물(心外無物)

아무도 찾지 않는 심산유곡에 피어 있는 한 송이의 난초가
온 산을 향기롭게 합니다.
어쩌면 가을에 피어난 꽃 모두는
식물의 눈물일지도 모릅니다.

심외무물(心外無物)이라는 말씀이 있습니다.

마음 밖의 세상은 아무것도 아니라는 말씀입니다.
즉, 마음이 참으로 중요하다는 것이지요.

세상엔 무수한 사물들이 존재하지만
마음이 인식하지 않으면 존재의 의미가 없습니다.
세상엔 많은 사람이 존재하지만
그들 모두가 나에게 의미 있는 것은 아닙니다.
그중에 특별히 내 인식역 안에 들어온 사람만이 의미가 있고
나머지는 그냥 배경으로 기능하게 됩니다.

각물유주(各物有主)라고 해서 모든 물건엔 주인이 있다고 합니다.
그래서 우리는 내 것과 네 것을 구분 짓고,
잘나거나 못나거나를 비교합니다.
그것이 상대적 우월감 및 박탈감으로 작용해
인생을 불행의 나락으로 몰아가기도 합니다.
하지만 어쩌면 그것은 우리 스스로가 느낀 실체 없는 감정일 수 있습
니다.

우리나라는 국민소득 3만 달러를 넘긴 지 오래되었습니다.
국민 대부분이 아파트나 개인 주택을 갖고 자가용을 굴리고 있으며
아이들을 학교에 보내고, 취미생활 및 운동을 즐깁니다.
이 정도면 세계에서 톱 클래스 생활임에도 불구하고
상대적 비교 심리 때문에 불행하다고 느끼는 사람이 많습니다.

OECD 국가 중에서 자살률이 1위이기도 하구요.

정말 가난한 나라 방글라데시가 행복지수 1위라는 사실에 주목할 필요가 있습니다.
행복을 가져다주는 것은 주변의 환경일지 모르겠으되
그걸 느끼는 것은 주관적인 마음임에는 틀림이 없으니 말입니다.

무명(無明)을 벗어나 심외무물(心外無物)의 경지에 올라야 합니다.
행복은 그 순수한 마음에 존재하는 것이니까요.

||||||

유연한 마음

할머니를 한자로 쓰면 姑(고)입니다.
이 姑 자는 시어머니를 뜻하기도 합니다.
그래서 시어머니와 며느리 사이를 고부(姑婦)라고 표현하지요.

이 한자를 뜯어보면 女 자와 古 자로 나뉩니다.
여자가 오래되었다는 의미이지요.
그러니 할머니나 시어머니가 될 수밖에요.

나이에 따른 큰 잔치가 있습니다.

첫돌과 환갑이 그것이지요.

첫 생일은 영아 사망률이 높았을 무렵 이제 제대로 된 인간으로 성장할 가능성이 크다는 것을 축하하기 위함이고, 환갑은 평균 수명이 낮을 때이니 오래 삶의 축원이라고 봄이 옳습니다.

우리는 할머니를 할망구라고 부를 때가 있습니다.
할머니를 조롱하거나 장난스럽게 이르는 말이지만
이 말에는 특별한 의미가 들어있습니다.

여자 나이 80~89세 사이를 할망구라고 부르는 것이 옳습니다.
망구(望九)란 90을 바라본다는 의미를 가진 말이니까요.
할머니만을 지칭하고 할아버지가 없는 이유는
옛날에도 남자보다 여자의 평균 수명이 높았기 때문이 아닐까 합니다.

그런가 하면 과부와 미망인이라는 표현이 있지요.
모두 시집가서 혼자된 솔로를 의미하는 용어인데
얼핏 들으면 미망인이 상당히 아름답게 들립니다.

그 미망인을 한자로 쓰면 未亡人이 됩니다.
글자 그대로 풀이하면 '아직 죽지 못한 사람'이 되지요.
즉 남편이 죽었을 때 따라 죽었어야 하는데
그러지 못했다는 조선 시대 가부장적인 냄새가 풀풀한 단어입니다.

여성이 장수하다 보니 나이 들어 솔로로 남아있는 할머니가 많습니다.
여성이 장수하는 이유는 뇌의 구조 때문이라고 합니다.
여성은 남성보다 좌·우뇌의 연결이 활발하여
창의적 두뇌와 장수까지 이어지는 경우가 많습니다.

또한, 여성은 감성이 발달하여 스트레스 해소가 빠른 특징이 있습니다.
울고 싶을 때 울고, 말로 스트레스를 해소하는 등 대처 능력이
훨씬 우월하다는 것이지요.

오래 사는 것이 큰 복인지는 알 수 없겠으나
위의 사실들은
오래 살고자 하면 스트레스를 줄이는 유연한 마음을 가지라는
웅변의 외침은 아닐는지요?

||||||

동시호빈(東施效矉)

東 동녘 동, 施 베풀 시, 效 본받을 효, 矉 찡그릴 빈
중국에서 역사상 가장 예쁘게 생긴 4대 미인을 꼽으면
양귀비, 왕소군, 초선, 서시 이 네 사람입니다.
중요한 것은 예쁜 것으로 천하를 호령했지만
이 미인들은 제명을 살지 못하거나 불행하게 살다 세상을 떠났습니다.

흐르는 강물처럼

그래서 미인박명(美人薄命)이란 말이 나왔는지도 모르지요.

장자에 나오는 말씀입니다.

실제 있는 이야기보다 꾸민 이야기일 가능성이 큰 고사이지요.

서시라는 아름다운 여인의 반대말로 동시라는 사람을 등장시킵니다.

동시는 추녀 중의 추녀로 못생김의 아이콘이지요.

동시는 서시처럼 되는 것을 원했습니다.

그래서 늘 서시의 몸짓과 자태를 흉내 내곤 했지요.

어느 날 서시가 길을 가다가 갑자기 가슴 통증을 느껴

가슴을 움켜쥐고 이마를 찌푸렸는데

동시는 그것마저도 아름답다고 느끼게 되었습니다.

그리하여 동시는 사람을 만날 때마다 서시처럼 얼굴을 찌푸리곤 했습니다.

그의 아름다움을 본받기를 원했기 때문이지요.

못생긴 얼굴을 찡그리며 다니니 사람들은 그녀를 더욱 멀리하였고,

마을 사람들이 집 밖에 나오지 않게 되었으며,

결국, 향리의 웃음거리가 되었습니다.

이 효빈(效矉)이라는 말씀은

멋모르고 남의 흉내를 내거나 남의 결점을 장점인 줄 알고 따라 함을 의미합니다.

자기 자신의 시비나 선악의 판단 없이 남을 따라 하는 경우라고 할

수 있지요.

자신의 철학과 소신이 참으로 중요한 것임에도
무작정 자기를 버리고 남을 좇는 경우가 많습니다.
즉, 효빈은 소신 없는 모방에 대한 경고인 셈이지요.

자기 주관대로 살아가지 않으면 남의 장단에 맞춰 살 수밖에 없는 것
또한 인생입니다.

‖‖‖‖

분노하라

프랑스의 '스테판 에셀'이 지은 『분노하라』라는 책을 읽었습니다.
전문이 34쪽밖에 되지 않는 분량에 저자 나이 93세 때 쓴 책으로,
그가 95세 때 세상과 이별을 하였으니 어찌 보면 세상을 향한 그의
유서일는지도 모릅니다.
또한 펄펄 끓는 젊은 시기에 쓴 분노가 아니라
인생을 마무리하는 시점에서 분노의 외침은 또 다른 모습으로 다가옵
니다.

저자는 간디의 비폭력 무저항주의 계열에 서 있습니다.
그런데 비폭력이라는 말에는 수긍이 가지만

흐르는 강물처럼

무저항이라는 말엔 동의할 수 없습니다.

폭력적이지 않은 방법으로의 저항이라는 표현이 더 설득력 있기 때문입니다.

저자가 이야기하는 분노는 참여의 다른 표현입니다.

다윗과 골리앗 둘 모두 나와 친분이 없는 사람이라면

보통 사람들은 다윗을 응원하게 됩니다.

약자가 강자를 이기는 것에 대한 잠재적 쾌감을 갖고 있기 때문이지요.

이는 스포츠에도 별반 다르지 않습니다.

나와 관계없는 팀들끼리의 경쟁이라면

지고 있는 팀을 좀 더 응원하게 되는 게 인지상정이니까요.

그러나 사회 현상을 놓고 보면 심정적 응원과 적극적 참여는

상당한 괴리가 있음을 알 수 있습니다.

약자에 대한 멸시, 문화에 대한 경시, 가진 자의 횡포 등

사회적인 불의가 만연해 있는데도 무관심으로 일관하는 사람들이 대부분입니다.

저자는 분노라는 표현을 통해 참여를 이끌어내고자 합니다.

그렇다고 이 책이 폭력이나 분노를 부추기는 책은 아닙니다.

그가 얘기하고 있는 분노는

저항을 품은 분노, 생산적인 분노, 창조적인 분노입니다.

따라서 불의의 대상을 냉정하게 분석하고
정당한 방법으로 행동하는 것을 요구하는 것이지요.

사회가 무관심으로 흐르는 경향을 보이고 있습니다.
악의적으로 소를 몰아 남의 논밭 작물을 뜯어 먹이더라도
내 밭이 아니라면 상관하지 않으려는 세상입니다.
누가 사회적으로 잘못을 하든, 어린아이가 길거리에서 담배를 피든
젊은 놈이 노인에게 주먹질을 하든, 함부로 쓰레기를 버리든….
무관심한 태도를 지키는 사람들이 넘쳐나는 세상이 되어버린 것이지요.

무관심으로는 세상을 변화시킬 수 없습니다.
작지만 나의 조그만 참여가
세상을 떠받치는 작은 버팀목이 되는 것이고
좀 더 살만한 세상, 아름다운 세상을 이루는 데 초석이 되는 것입니다.

||||||
무위자연

무위자연이라는 말씀이 있습니다.
기원전 한 토막 세월을 살다간 노자의 말씀이지요.

여기서 무위란 아무 일도 하지 않는 것이 아니라

흐르는 강물처럼

인위적인 것을 첨가하지 않는 것이라고 보는 것이 옳습니다.

자연이란 있는 그대로의 모습이기 때문입니다.

목줄을 하고, 멍에를 씌우고, 코뚜레를 하고

재갈을 물리고, 편자를 박는 행위를 인위라고 한다면

그저 개체의 본성에 의지하여

하늘이 부여한 모습과 습성에 따라 살아가는 것이 자연입니다.

우리가 살아가는 세상은 자연과 괴리된 온갖 인위가 넘쳐납니다.

도시의 소음으로 꽉 찬 공간엔 고요하게 자신을 돌아볼 공간이 없습니다.

봄바람에 꽃잎이 날리는 소리

한여름 열매가 속살 찌우는 소리

가을 단풍이 낙엽 되어 떨어지는 소리

겨울눈이 사락사락 쌓이는 소리….

밤이면 무논에서 울어대는 개구리 소리

한낮을 지키는 쏙독새의 외로운 울음소리

짝을 찾아 헤매는 멧비둘기의 사랑 노래

아무리 들어도 질리지 않는 자연의 소리도

인류가 만들어 놓은 거대한 도시라는 구조물 속에서는 맛볼 수 없습니다.

문명을 버리고 반문명이나 원시로 돌아가자는 것이 아닙니다.

자연의 소중한 가치를, 그 꾸밈없는 순수함을

대가를 바라지 않고 무한정 베푸는 아름다운 섭리를

그 소중함을 잊지 말았으면 하는 바람이 있기 때문입니다.

오늘 아침에도 별을 스치운 바람의 살랑거림이 자못 상쾌합니다.

||||||

왕관을 쓰려거든

영국 격언에 다음과 같은 말씀이 있습니다.

One who wants to wear a crown bears the crown

"왕관을 쓰려면 먼저 왕관의 무게를 견뎌야 합니다."

사람들은 왕관을 쓰고 난 후의 아름다운 모습만을 떠올릴 뿐

왕관을 쓰기 위한 노력이 얼마나 많이 필요한 것이며

왕관을 쓴 후 그 책임감이 얼마나 큰 것인지를 생각하지 못하는 경우

가 많습니다.

해마다 연말이 되면 1년 동안 썼던 감투를 내려놓으며

그 자리에 앉아 얼마나 충실하게 시간을 보냈는가 하는 것들에 대한

반성을 하게 됩니다.

흐르는 강물처럼

자의든 타의든 직책을 맡는다고 하는 것은

그 왕관이 갖는 무게, 즉 책임감을 견뎌야 한다는 것을 의미합니다.

왕관이 주는 화려함과 대표성이라는 조그만 권위에 심취하여

겸손함으로 조직원들을 섬기고, 전체를 위하여 자신을 희생하고

공동의 목표를 위하여 책임감 있게 일하지 못했는지 반성합니다.

왕관을 감당한다는 것은 결국 해결 방안이 자신에게 있다는 것을 의미합니다.

나의 그릇이 작거나 금이 가거나 찌그러지지 않았는지

그리하여 중요한 내용을 담을 수 없는 상태는 아닌지

스스로를 돌아보아야 합니다.

생김의 다양성만큼이나 사람은 누구나 감당할 수 있는 능력이 다릅니다.

그것이 왕관 앞에서 무리하게 욕심내어서는 안 되는 이유이고

왕관을 썼다면 그 책무에 충실하여야 할 이유입니다.

내년엔 왕관보다는 무관을 꿈꾸어 봅니다.

튀는 앞자리가 아니라 순수한 조직원의 모습으로 살아가기를 희망합니다.

화광동진(和光同塵)의 진정성이 꼭 앞자리에만 있는 것은 아니기 때문입니다.

||||||

생각의 힘

프랑스 파리는 지리적으로 케스타지형입니다.
케스타지형은 구조평야의 일종으로 단단한 경암과 약한 연암이
수평구조를 이루며 반복적으로 나타나는 곳에서 형성되지요.
그래서 파리는 분지이면서 평야입니다.

파리의 명물 에펠탑은 파리의 어느 곳에서든지 볼 수 있습니다.
그런데 딱 한곳에서만 에펠탑을 볼 수 없다고 합니다.
그곳은 몽마르트 언덕의 맞은편 아래쪽이지요.
탑이 아무리 높아도 언덕이나 작은 물건에 가리면 볼 수 없습니다.

해와 달이 아무리 밝아도 엎어놓은 그릇 밑은 비출 수가 없습니다.
산해진미가 산처럼 쌓였다고 하더라도 먹지 않으면 의미가 없는 것처럼
아무리 좋은 책이 도서관에 빼곡히 꽂혀 있다고 하더라도 읽지 아니
하면 의미가 없습니다.

미국 격언에 이런 말씀도 있습니다.

> You may lead a horse to the water, but you cannot make him drink.
> "말을 물가로 끌고 갈 수는 있어도 마시게 할 수는 없다."

흐르는 강물처럼

세상에서 가장 무서운 감옥은 생각의 감옥이며
세상에서 가장 넘기 어려운 벽은 관념의 벽입니다.

대화를 하다 보면 말이 통하지 않아 너무 힘들 때가 있습니다.
말을 이해하지 못해서가 아니라 생각이 다르기 때문이지요.
따라서 어떻게 사고하고 행동하느냐 하는 것이 참으로 중요합니다.

바보에게 지식을 가르칠 수는 있지만 생각하게 하기는 어렵습니다.
우리의 삶은 자신의 생각에 의하여 결정됩니다.
생각을 바꾸면 인생이 바뀌는 이유이지요.

||||||

천지는 만물의 여관

중국인들이 자기네들이 역사 속에서 가장 좋아하는 왕조는 당나라입
니다.
그 문화와 역사가 융성한 시기였고,
특히 당시(唐詩)의 유명함은 다른 시대에서 볼 수 없는 특징이기도 하
니까요.
우리나라 역사가 신라 천 년, 고려와 조선이 오백 년 역사이지만
당나라가 289년으로 중국에서는 어떤 왕조도 300년을 넘긴 사례가
없습니다.

그 역사의 부침 속에서도 중국 최고의 시인을 꼽는다면

시선(詩仙)이라고 일컬어지는 이백(李白)일 것입니다.

그의 천재성과 성격의 호방함은 그가 남긴 작품 속에서 찬란히 빛납니다.

그는 양귀비의 주군이었던 당나라 현종 때의 사람입니다.

술김에 현종의 총애를 받고 있는 환관 고력사에게

"내 신발을 벗겨봐 이 고자 놈아."라고 주정하였습니다.

그의 기개는 높았을지 모르지만

세월이 지나 그 일을 수치스럽게 여겼던

고력사에게 파면을 당하게 됩니다.

사려 깊지 못하고 겸손하지 않은 처신이 결국 자신의 만년을 쓸쓸하게 만든 계기가 된 것이지요.

그가 지은 춘야연도리원서(春夜宴桃李園序)에는 다음과 같은 내용이 있습니다.

*봄밤에 복숭아밭에서 연회를 즐기며… (서문)

천지자만물지역려(天地者萬物之逆旅)

광음자백대지과객(光陰者百代之過客)

이부생약몽위환기하(而浮生若夢爲觀機何)

고인병촉야유양유이야(古人秉燭夜遊良有以也)

흐르는 강물처럼

천지는 만물이 머물다 가는 객사요

세월은 영원 속에 지나가는 길손일 따름이다.

뜬구름과 같은 삶이 꿈 같으니 즐거움이 얼마나 되겠는가?

옛사람이 촛불 밝히고 밤새 논 것이 참으로 까닭이 있구나!

광활한 우주와 억겁의 시간 속에서 인간은 어쩌면

티끌보다도 더 미미한

그런 존재일는지도 모릅니다.

하지만 그런 것을 생각할 수 있는 지혜가 있다는 것은

한 사람 한 사람이 곧 우주일 수 있고, 장구한 세월일 수 있습니다.

위 시는 자연의 유구함과 인간의 유한성을 생각하며

현재를 즐기라는 의미를 담고 있습니다.

길지 않은 인생을 재미있게 살아야 할 큰 이유이지요.

||||||

꽃은 시련 속에서 아름답게 빛납니다

겨울이 깊어갑니다.

화분에 심긴 식물도 스스로 겨울날 준비를 합니다.

여름내 성장하고 꽃피웠던 시절을 뒤로하고

아파트 거실 한 귀퉁이에서 깊은 사색에 잠겨 있습니다.

식물들은 각각의 이름을 갖고 있습니다.

그 이름은 인간들이 사물을 구분 짓기 위하여 임의로 붙여 놓은 것들이지요.

바이올렛은 자기가 바이올렛이라는 것을 알지 못합니다.

그저 본성에 따라 자라고 꽃피우고 열매를 맺는 것이지요.

말 못하는 식물의 작은 몸짓을 이해하기 위해서는

아주 많은 인내와 배려가 필요합니다.

물이 필요하고, 화분이 좁고, 영양이 필요하다고 수시로 이야기하지만

관심과 사랑으로 자세히 보기 전에는 알아듣기 어렵습니다.

꽃에게 말을 걸면 꽃은 언제나 환하게 웃습니다.

그래서 세상에서 가장 아름다운 모습을 하고 있는지도 모를 일이지요.

꽃을 자세히 보면 꽃멀미가 납니다.

글로 그려낼 수 없는 모양과 색의 조화가 가슴 벅차니까요.

꽃을 제대로 보기 위해서는 꽃과 눈높이를 맞추어야 합니다.

이는 우리 인간관계에서도 상대를 이해하기 위해서는

상대와 눈높이를 맞추어야 하는 것과 같은 이치이지요.

꽃은 환경이 안 좋을 때 아름답고 향기로운 꽃을 피웁니다.

말라 죽어가는 소나무에 솔방울이 더 많이 맺히는 이유이며

박토에 심긴 고구마가 꽃을 피워 올리는 이유일 것입니다.

꽃이 시련 속에서 아름다운 꽃을 피워 올리듯이
우리 또한 시련이 닥칠수록 인생이 깊어집니다.
위대한 선원은 결코 잔잔한 바다에서 만들어지는 것이 아니니까요.

||||||

적게 가지기

중고등학교 때 저의 생활은 한 시간 넘는 거리를 비좁은 콩나물 버스에
실려 등하교한 것이 추억의 전부일 만큼 버거운 일상이었습니다.
더군다나 키가 비교적 작고 힘이 없었던 나에게는
내 덩치만 한 책가방을 들고 다니는 것이 여간 고역이 아니었습니다.

물론 사물함의 존재를 알 수 없었던 시기이고
급식도 없어 도시락으로 끼니를 때우던 시절이고 보면
실내화 주머니가 아니어도 늘 가방은 온갖 물건으로 터지기 일보 직
전이었습니다.

부피와 무게를 줄여 꼭 필요한 것만을 들고 다녔어야 하는데
왜 그리 많은 것을 끌고 다녔는지 지금 생각하면 아이러니합니다.

국민소득 3만 달러가 넘은 이 시점에 주변을 보면 우린 너무 많은 것
을 갖고 있습니다.

옷장 안에는 옷이 차고 넘치는데도 입을 것이 없다고 하고
신발장엔 신발이 차고 넘치는데도 신을 것이 없다고 하고
냉장고엔 음식이 가득 찼는데도 먹을 것이 없다고 합니다.

집을 둘러보면 꼭 필요한 물건이 아닌데도 공간을 차지하여 생활공간
을 좁게 만들고 있으며
주방이나 싱크대에도 안 쓰고 자리만 차지하고 있는 물건이 넘쳐납니다.
이렇게 많은 것을 갖고 있는 요즘이 옛날에 비하여 행복할까요?
그러나 범죄, 이혼, 자살과 같은
사회적 문제 발생율의 통계를 놓고 보면
행복보다는 불행의 추가 더 무겁게 느껴집니다.

오늘날 우리가 시달리고 있는 각종 질병의 문제도
못 먹어서 생기는 것이 아니라 지나치게 많이 먹어서 생기는 병이 많
습니다.
건강을 잘 지키는 좋은 방법 중의 하나는
소식(小食)하는 것임에는 틀림이 없으니까요.

적게 가지려는 노력을 해야 합니다.
되도록 단순하게 살려는 노력을 해야 합니다.
되도록 욕심과 번뇌도 적게 가져야 합니다.
많이 가지고 번잡하게 사는 것보다
꼭 필요한 것만 적당하게 가지는 것이

좀 더 행복에 가까울 수 있기 때문입니다.

그리고 욕심부려 많이 먹는 것보다는
소식(小食)-소식(蔬食)-소식(笑食)하는 삶을 사시기 바랍니다.
 *小食: 조금 먹음
 *蔬食: 채소를 먹음
 *笑食: 웃으며 식사함

|||||

추억 박물관

선사 박물관이나 고대사 박물관에 갔을 때보다
60년대나 70년대의 물건이 전시되어 있는 박물관을 갔을 때가
더 큰 재미와 감동이 있습니다.
그건 추억이 함께하기 때문이지요.

제주도에 선녀와 나무꾼이라는 박물관이 있습니다.
어렸을 때 직접 가지고 놀았던 장난감부터 달력, 과자, 영화 포스터….
이루 헤아릴 수 없는 많은 물건이 추억의 단면을 널어놓고 있지요.

그곳엔 학교의 옛 모습도 있습니다.
양초 칠하며 닦던 마룻바닥, 교실 한편에 놓여 있던 풍금

장작 때는 난로에 차곡차곡 쌓인 도시락
호크 달린 검정 교복에 학생모
옆구리에 끼고 다녔던 책가방….

추억이 얼기설기 쌓인 물건들을 보고 있노라면
지나온 삶의 과정이 주마등처럼 스칩니다.

시대가 많이 변했습니다.
교육 방법도 많이 변했지요.
컴퓨터를 가르치면서 분필을 언제 잡았는지 기억이 까마득합니다.
요즘은 빔프로젝터라는 기계장치를 이용하여 미리 만들어진 화면이나
동영상을 큰 화면에 띄워 놓고 수업하는 것이 일반적입니다.

아이들도 예전의 아이들이 아니지요.
점점 빨리 성숙해지는 아이들….
가족과 친구라는 공동체에서 개인화되는 경향을 띠고 있으며
거친 행동과 툴툴거리는 태도, 육두문자를 달고 사는 아이들이 점점
늘어갑니다.

아이들을 지나치게 정보가 많은 세상에 무방비로 내동댕이친 기분이
느껴집니다.
어쩌면 어른들의 삶의 법칙을 미리 배우고 흉내 낸 결과일는지도 모
르지요.

흐르는 강물처럼

시간은 불가역적인 것이고, 추억 또한 돌이킬 수 없는 것이지만

열정과 때 묻지 않은 순수….

이런 것들이 충만했던 그 시절로 돌아갈 수 있다면 얼마나 좋을까요?

|||||

투명인간

인천에 투명한 빌딩이 세워질 것이라 합니다.

이는 건물 반대편의 영상을 찍어 건물 표면에 상영함으로써

마치 투명한 것처럼 착시를 일으키게 하는 방식으로 짓는 것이지요.

어렸을 때 누구나 한 번쯤은 투명인간이 되는 꿈을 꾸었을 것입니다.

나는 남을 볼 수 있는데 남이 나를 볼 수 없다고 하는 것은

신나는 일이며, 이것이 엉뚱한 상상의 나래를 펴게 합니다.

어쩌면 투명성을 이용하여 좋은 일보다는 나쁜 일 쪽으로 생각이 기울지 않았나 싶습니다.

남을 엿보고, 나에게 골탕 먹인 사람을 혼내주고, 세상의 비밀을 죄다 섭렵하고….

초등학교 졸업한 것이 근 40년이 되어갑니다.

어쩌다 동창회에 나가면 까마득한 기억의 저편에

마치 투명인간처럼 잊힌 얼굴들이 있습니다.

저는 중고등학교 때는 선생님들이 이름을 기억하기 쉽지 않은 학생이었습니다.
튀지 않는 성격에 조용히 교실 한 귀퉁이를 투명인간처럼 지키고 있었으니까요.

그런데 요즘 사회를 보면 투명인간들이 늘어가는 것 같아 안타까움이 많습니다.
처진 어깨로 퇴근 후에 집에 들어가면 존재 가치가 없는 아버지의 모습이 그러하고
온통 스마트폰에 함몰되어 주변에서 어떤 일이 일어나고 있는지
관심조차 없는 일말의 군상들이 그러하며
옳지 않은 모습을 보고 오불관언(吾不關焉)으로 일관하는 약간의 비겁함을 동반한 우리들의 모습이 그러합니다.

투명하다는 것은 깨끗하다는 것의 다른 표현이기도 하지만
존재 가치가 없다는 것의 다른 표현이기도 합니다.
오지랖 넓어서 이것저것 관여하는 것도 보기에 좋은 것은 아니지만
나서야 할 때 뒤로 숨는 투명인간 또한 경계해야 할 일입니다.

흐르는 강물처럼

백사는 허물을 벗어도 백사입니다

사람의 성품은 크게 천성과 인성으로 나뉩니다.
천성은 하늘이 부여한 성품으로 살아가면서 바뀌지 않는 것이며
인성은 살아가면서 갈고 닦아 품격을 완성해 갈 수 있는 것입니다.
그래서 인성교육이라는 말은 있지만 천성교육이라는 말은 없습니다.

천성으로 사는 사람은 직관이 빠르고, 솔직합니다.
왜냐하면, 본연의 성질로 살아가는 것이니까요.
본성을 깨닫고 이에 충실한 삶을 사는 것이 행복에 좀 더 가까울 수
있습니다.
그리하여 내가 존재하는 것이 가장 소중하며,
본성을 자각하고 늘 즐겁게 자유롭게 사는 것이 지혜로운 삶이지요.

자기 마음을 속여서는 안 됩니다.
우린 살아가면서 체면이나 권위 혹은 입장이나 관계 때문에
자신을 속이며 마음에도 없는 말을 늘어놓을 때가 많습니다.

마음에 없는 말을 하는 것보다는 침묵을 지키는 것이 더 낫습니다.
눈치가 있는 사람이라면 진심과 가식을 쉽게 구분할 수 있으며
마음에 없는 말은 호감보다는 불신을 가져올 가능성이 더 크니까요.

장자에 나오는 이야기 한편으로 메일을 갈무리합니다.

제사를 관장하는 관리가 예복을 차려입고 돼지우리로 가서 말했습니다.

"너는 어째서 죽음을 싫어하느냐? 내가 석 달 동안 몸을 깨끗이 하고, 열흘간 재계하고 사흘 동안 금기를 지켜, 흰 띠풀을 깔고 요리한 다음 너의 어깨와 엉덩이 고기를 장식된 제기 위에 모셔 놓으려 한다. 그러면 너도 좋지 않겠느냐?"

돼지가 말했습니다.

"나는 겨나 지게미를 먹으면서 살더라도 돼지우리 속에 그냥 있는 것이 좋다."

죽어 인간의 제사상에 올라가는 것보다는 돼지우리 속이라도 살아서 현재의 삶을 지속하는 것이
본성에 기초한 삶으로 옳은 것입니다.

잠시 시간을 내어서 자연을 봅니다.
나무와 꽃과 풀잎, 그리고 산들바람….
자연의 모든 것이 얼마나 평화롭게 일을 하는지 눈여겨볼 필요가 있습니다.
평화는 자연의 본성입니다.

따라서 본성을 따라 사는 삶이 가장 편안한 삶입니다.
백사는 허물을 벗어도 백사입니다.

흐르는 강물처럼

갑자기 부자가 되고 권력을 잡고 성형으로 예뻐진다고 하더라도
그 사람 자체가 변한 것은 아니니까요.

||||||
꽃을 사랑한다면

꽃을 사랑한다고 말하면서도
꽃에 물을 잘 주지 않는다면
그 사람은 진정으로 꽃을 사랑하는 것이 아닙니다.

아이들을 사랑한다고 하면서도
아이들이 무엇을 생각하고 무엇을 원하고 있는지를 깊이 헤아리지 않
는다면 진정으로 아이를 사랑하는 것이 아닙니다.

함부로 말하고, 어른들에게 불손한 행동으로 대드는 학생은
내 인생이 이렇게 아팠으니 나를 좀 돌아봐 달라는 표현일 수 있는
것이고,
매일 꼴찌 하는 학생이 수업시간에 잠자고 딴짓하는 행위는
나에게도 관심을 가져 달라는 다른 표현일 수 있습니다.

세상엔 완벽한 사람은 존재하지 않습니다.
그리고 내 생각이 다 옳은 것도 아니지요.

그래서 자기만 주장하는 것은 위험한 일입니다.

상대방의 처지와 입장을 고려하지 않으면
왼쪽 다리가 아픈데 오른쪽 다리를 절단한 의사와 다를 게 없고
배 아픈 것은 제대로 진단하고도 배에 빨간약을 발라 엉뚱한 치료를
한 의사와 다를 게 없습니다.

또한, 겉으로 화려하게 치장했다고 하더라도
그 사람의 생활까지 호사스럽고 요란한 게 아니며
차림새가 수수하다고 해서
그 사람 지갑까지 빈곤한 것은 아닙니다.

세상을 살아가는 가장 좋은 방법은
상대방에 대한 깊은 이해 속에서 신뢰를 쌓는 것입니다.

|||||

노온서의 글 읽기

중국 서한(西漢) 시대에 노온서(路溫舒)란 이름의 목동이 있었습니다.
천성이 공부를 좋아했는데 집안이 가난해 매일 들에 나가 양을 키워
야 했기 때문에
학당에서 공부할 기회가 없었습니다.

흐르는 강물처럼

어느 날 연못가를 지나는데 연못 속에 키 큰 부들이 마치 죽간(竹簡)처럼 보였습니다.

종이가 없던 시절 대나무를 잘라 만든 죽간으로 책을 만들었는데

이에 그는 부들을 한 아름 베어다 일일이 자른 후 서로 엮어 책처럼 만들었습니다.

학당에 다니는 친구에게 책을 빌려 일일이 베껴서

양 치러 갈 때마다 지니고 다니며 열심히 읽었습니다.

그러한 노력이 지식의 깊이를 더할 수 있었지요.

성장하여 형벌과 법률을 공부해 법령에 정통한 인물이 되었고

이후 감옥의 일을 주관하는 옥리(獄吏)로 승진했습니다.

이렇게 열심히 노력한 덕에 노온서는 평범한 목동에서

서한을 대표하는 유명한 법률학자로 성장할 수 있었습니다.

맹자에 다음과 같은 내용이 나옵니다.

"하늘이 누군가에게 중대한 임무를 맡기려고 할 때는

반드시 그들의 마음을 괴롭게 하고,

그들의 근육을 수고스럽게 하며,

그들의 육체를 굶주리게 하고,

그 몸에 가진 것이 없게 해서 그들이 하는 일이 뜻대로 되지 않게 한다.

이는 마음을 분발하게 하고 성질을 참게 하여,

그들이 할 수 없었던 일을 더 많이 할 수 있게 해주기 위함이다.

사람은 대체로 잘못을 범한 뒤라야 고칠 수 있고,

번민과 고뇌가 얼굴과 목소리에 나타난 뒤라야 해결 방법을 깨닫게
된다."

귀한 것 보다는 흔한 것이 일상이 된 사회가 되었습니다.

요즘 버스나 지하철을 보면

대부분의 젊은이들이 스마트폰 게임에 빠져있거나

패드나 탭을 이용하여 사이버 세상에 함몰되어 있습니다.

옛날엔 책을 보거나 신문을 읽는 모습이 일상이었지만

요즘은 그런 모습을 보기가 좀처럼 쉽지 않습니다.

세태의 발전이야 어쩔 수 없다는 것을 인정하면서도

흔들리는 차 안에서 독서삼매에 빠져있는 모습들이 참으로 그립기도
합니다.

||||||

때로는 모자람도 미덕입니다

요즘 TV를 보면 유명 연예인의 신변잡기나 실수담

상대방에 대한 예의 없는 돌출 발언들이 여과 없이 방송됩니다.

시청자들은 아무런 생각 없이 그들의 사생활 콘텐츠를 소비하고 있지요.

흐르는 강물처럼

어쩌면 남들에게 알려져 유명하게 된 연예인들이
평소에는 우상처럼 생각되었는데
내가 살아가는 것하고 별반 다르지 아니하고
오히려 더 못한 모습이 보일 때 사람들은 희열을 느끼게 됩니다.

오락 프로그램에서 좀 모자라게 나오는 출연진이 사랑을 받습니다.
맹구나 칠뜨기 등 바보 캐릭터가 오랜 세월 안방을 차지한 이유이지요.
사람들은 누구나 자기보다 잘난 사람보다는 조금 부족한 사람에게
호감을 느끼게 됩니다.
우리가 살아가면서 너무 완벽하게 보이려고 애쓸 필요가 없는 이유이
지요.

친구를 사귀려면 술을 같이 마시는 것이 좋습니다.
결점 없이 완벽한 사람에게 다가가기란 쉽지 않습니다.
술을 마신다는 것은 비록 알코올의 힘에 의지하더라도
나의 틈을 상대방에게 무방비 상태로 보여주는 것을 의미하니까요.

무언가 부족한 사람은 주변에서 그것을 채워주려고 노력하지만
무결점으로 보이는 사람은 시기하거나 질투하는 경우가 많습니다.
그래서 모자람도 때론 미덕이 되는 것이지요.
인생 만점짜리는 있을 수 없겠지만
만점짜리 인생이 되려고 애쓸 필요도 없습니다.
있는 그대로의 모습으로 주변과 잘 어울릴 수 있다면

그 또한 아름다운 모습이기 때문입니다.

인생은 100점보다 80점이 더 멋스러울 수도 있으니까요.

열 정

『마시멜로 이야기』에 다음과 같은 내용이 나옵니다.

> "아프리카에서는 매일 아침 가젤이 잠에서 깬다.
>
> 가젤은 가장 빠른 사자보다 더 빨리 달리지 않으면 죽는다는 사실을 알고 있다.
>
> 그래서 그는 자신의 온 힘을 다해 달린다.
>
> 아프리카에서는 매일 아침 사자가 잠에서 깬다.
>
> 사자는 가젤을 앞지르지 못하면 굶어 죽는다는 사실을 알고 있다.
>
> 그래서 그는 자신의 온 힘을 다해 달린다.
>
> 네가 사자이든, 가젤이든 마찬가지다.
>
> 해가 떠오르면 달려야 한다."

따가운 햇볕 아래 드넓은 초원 거친 사바나를 연상하게 하는 내용입니다.

정반대의 개념원리로 이야기하고 있지만, 이 이야기는 아주 소박한 진실을 담고 있습니다.

우리가 살아있는 한 자신의 삶을 열정적으로 살아야 하는 이유를 말하는 것이지요.

지금은 눈 내리는 겨울이지만
가을날의 아침 햇살이 눈부시게 빛날 때
산자락 바위 위에 선혈 같은 불꽃으로 피어난 단풍….
메마르고 척박한 암괴에 뿌리를 내리고 세찬 바람을 견디며
세월을 버텨낸 나무의 열정을 봅니다.

뜨거워지지 않으면 불꽃이 될 수 없습니다.
엔진에 불을 붙이지 않으면 비행기는 결코 비상할 수 없습니다.
우리가 순간순간을 뜨거운 열정으로 살아야 할 이유입니다.

||||||
깊은 강은 소리가 없습니다

서해안을 여행하면서 썰 물때 갯벌 위에 그냥 얹혀 있는 배를 보았습니다.
바다는 아스라이 물러갔는데도 배는 말뚝에 묶인 채
흘수선 아래 배를 드러낸 채 덩그러니 놓여 있었습니다.

이 배는 아무리 바쁜 일이 있더라도 밀물이 될 때까지는 꼼짝할 수가

없습니다.

물이 들어오더라도 충분히 배를 띄울 수 있는 깊이가 되어야
비로소 운항이 가능한 것이지요.

작은 그릇 위에 큰 그릇을 포갤 수 없는 것이며
얕은 물에는 큰 배를 띄울 수 없는 것입니다.

우리가 사람을 판단할 때 마음이 깊다거나
생각이 깊다는 표현을 할 때가 있습니다.
이는 깊은 생각이 행동을 통하여 나타날 때 얻을 수 있는 판단이지요.

서양 속담에
"Shallow streams make most din."이란 말이 있습니다.
얕은 물이 시끄러운 소리를 낸다는 것이지요.
이를 뒤집어 이야기하면
깊은 강은 소리가 없음을 의미합니다.

차 있는 깡통은 소리가 나지 않습니다.
비어있는 깡통은 소리가 나되 그리 요란하지는 않습니다.
하지만 일부만 차있는 깡통은 요란하기 그지없지요.

그래서 얕은 지식으로 세상에 나서는 것을 경계해야 하는 것이고
많이 알아도 겸손을 유지해야 하는 것입니다.

흐르는 강물처럼

진정한 고수는 말로 자랑함에 있는 것이 아니니까요.

세월은 우리를 채찍으로 길들이지 않고
시간으로 길들입니다.
가시 돋친 밤송이는 다루기 어렵지만
세월은 밤송이를 열어 세상으로 내보냅니다.
우리가 세월 속에서 깊음으로 익어가야 할 이유입니다.

IIIIII
무욕(無慾)

『아낌없이 주는 나무』(쉘 실버스타인 作)에서 마지막을 장식하는 것은 의자입니다.

모든 것을 내어주고 송두리째 베어져 그루터기만 남은 사과나무는 이미 늙어 힘없고 지친 소년에게 자기 위에 앉아 쉬라고 마지막 모든 것을 내어줍니다.

노인은 지팡이를 놓고 그루터기에 편안하게 앉아 쉬는 장면으로 이 이야기는 막을 내립니다.

이 글은 수미쌍관 형태를 띠고 있습니다.
어렸을 때 아무 걱정 없이 사과나무에 매달려
그네도 타고 숨바꼭질도 하는 등

욕심 없이 소박하게 살았던 소년의 모습과

거친 욕망의 시기를 지나 이젠 더 이상 아무것도 필요하지 않은

그저 쉴만한 공간이 필요한 노인의 모습은 무욕이라는 면에서 닮아있기 때문입니다.

어쩌면 이 책에서 주장하고 싶은 것은 아낌없이 주는 나무에 대한 예찬이 아니라 인간의 끊임없는 욕심에 대한 경계일는지 모릅니다.

제임스 딘은 다음과 같은 말을 합니다.

"욕심은 무엇이나 재앙으로 들어가는 문이며, 불행의 씨앗이며, 고통의 씨앗이고, 무욕은 모든 복덕의 근원이며, 진정한 행복의 길로 들어가는 문이다."

해마다 12월이 되면 마무리와 죽음을 떠올리게 됩니다.

생과 사를 함께 생각해야 허무에 빠지지 않고 과욕에 빠지지 않습니다.

욕망이라는 전차는 우리를 동물적인 삶으로 내모는 경우가 많습니다.

그래서 욕망의 수식어는 추악한, 허무한, 찌질한…. 그런 부정적 형용사가 많습니다.

욕망의 대척점에는 무욕(無慾)이 있습니다.

욕망을 비워 무욕이 되면 그 자리에 사랑과 자비, 헌신과 봉사와 같은 인간적인 면모가 얼굴을 내밀게 됩니다.

흐르는 강물처럼

성경에 이런 말씀이 있습니다.

"욕심이 잉태한즉 죄를 낳고, 죄가 장성한즉 사망을 낳느니라."

|||||||

연 탄

그리 오래된 일도 아닙니다.

10여 년 전 우리 형은 성남에서 연탄장수를 했습니다.

옷은 항상 검은 탄가루가 묻어 있었고

손톱 밑에도 검은 때가 끼어 있었습니다.

저도 방학 때면 팔을 걷어붙이고

30도 남짓 되는 경사진 길… 가파른 계단의 쪽방을 마다하지 아니하고

연탄 배달을 거들었습니다.

시린 겨울 하루를 배달로 마무리하고 나면

언 볼에 탄가루까지 뒤집어쓴 모습은

노동 후의 안락함보다는 우스꽝스러운 모습으로 다가오곤 했지요.

지금 연탄 한 장 값이 얼마나 하는지 아시나요?

저도 연탄을 때던 기억이 20년 전 일이니까

까마득한 옛일이라 연탄 가격은 관심 밖의 일이었습니다.

요즘 연탄 한 장 값은 700원 남짓하고요.
무게는 3.2kg, 연탄구멍은 25개가 있더군요.
엊그제 아이들과 연탄봉사를 하면서 새삼 깨달은 사실이지요.

도시의 빌딩이 높아질수록 그림자도 길어집니다.
평소에 차를 몰고 큰 도로변을 운행할 때는 보이지 않던 것들이
연탄 배달을 하면서 골목골목을 들여다보니
힘들고 어려운 우리들의 이웃이 그렇게 많음을
새롭게 깨달을 수 있었습니다.

집마다 연탄이 주된 연료였던 시절엔
대문 앞에는 늘 연탄재가 수북이 쌓여 있었고
눈이 내려 조금이라도 빙판길이 생길라치면
미끄럼방지용 방활사의 역할로 연탄재만 한 것이 없었지요.

세월이 좋아진 것만큼은 틀림없는데
아직도 그늘에서 어렵게 생활하고 계시는 분들이 많이 있다는 것은
큰 안타까움입니다.
나만 아니면 된다는 유아기적 사고방식을 벗어나
어려운 이웃과 함께 더불음을 생각해야 할 세모입니다.

흐르는 강물처럼

목포의 눈물

춘천서 왕복 열두 시간을 걸려 목포엘 다녀왔습니다.
땅끝이 멀지 않은 우리나라의 서남단 끝에 위치한 목포는
듬성듬성 놓여 있는 섬들이 고즈넉한 자태를 뽐내고 있었습니다.

이난영이 부른 목포의 눈물이란 노래비가 있는 유달산에 올랐습니다.
임진왜란의 상흔부터 동양척식회사의 구건물까지
현대사의 질곡을 고스란히 안고 있는 목포의 외연을
높은 곳에서 조망할 수 있는 기회를 가졌습니다.

목포의 눈물의 가사 한 자락을 적습니다.
    "사공의 뱃노래 가물거리며
    삼학도 파도 깊이 스며드는데
    부두의 새아씨 아롱 젖은 옷자락
    이별의 눈물이냐 목포의 설움…."

갑자기 삼학도(三鶴島)라는 섬이 궁금해졌습니다.
이름으로 보아 세 마리 학을 닮은 섬은 틀림없어 보이는데….
높은 곳에 올라서 사방을 보아도 삼학도의 모습은 보이지 않았습니다.
나중에야 섬 주변을 메워 육지 속에 편입되었다는 말을 들었습니다.

이 노래는 1935년에 발표되었고

가수 이난영은 1965년에 작고합니다.

가수가 작고하기 전인 1962년에 삼학도가 메워져 자취를 감추게 됩니다.

그 당시만 해도 삼학도는 유명한 섬이었는데.

사람들의 필요에 의해서 메웠겠지만….

섬을 삽시간에 삼켜버린 인간들…. 그 힘의 무서움을 느낍니다.

어쩌면 이제는 비상할 수 없는 죽은 학이 된 삼학도….

그래서 목포의 눈물일 수 있다는 생각을 했습니다.

||||||

본성대로 살기

하루 중에 수은주가 0도 이하로 내려가 있는 시간이 늘어갑니다.

그럼에도 불구하고 덤불 아래에서는 잡초가 끈질긴 생명력으로 삶을 유지하고 있습니다.

시련의 계절이고 고통을 동반한 세월이지만

찬란한 봄을 고대하며

존재의 꿈을 키우는 식물들은

조금만 관심을 기울이면 쉽게 볼 수 있는 풍경입니다.

흐르는 강물처럼

나무 심는 꼽추 이야기가 있습니다.

그가 심은 나무는 잘 자라고 무성해서

앞을 다투어 그를 데려다가 나무를 심지요.

다른 사람은 아무리 모방하려 해도 잘되지 않았습니다.

한 사람이 그 비결을 묻지요.

그때 곱사등이가 한 말입니다.

내가 재주가 뛰어나 나무를 잘 기르는 것이 아니오.

다만 나무의 본성을 그르치지 않았을 뿐이오.

나무의 뿌리는 널리 뻗어 나가기를 좋아하며,

흙은 원래 심겨 있던 제 흙을 좋아한다오.

심을 때 꼭꼭 다져주는 것을 좋아하는 것이 나무의 본성이오.

그 후엔 돌볼 필요도 없고, 염려되어 다시 돌아와 살필 것도 없소이다.

처음 심을 때는 자식을 기르듯 정성을 다하고,

나중엔 그냥 놔두길 마치 내버린 듯이 해야 하오.

그러면 나무의 본성이 온전하여져,

그 본성대로 최상의 상태를 얻게 되지요.

그런데 사람들은 나무를 지나치게 사랑한 나머지

심은 후에 뿌리가 잘 내렸나 흔들어보고

말라 죽었는가 껍질을 벗기며, 심지어는 가지를 꺾어보는 이도 있소.

이는 나무를 사랑한다고 하지만 실제로는 해치는 것이고
나무의 본성에서 날로 멀어져가는 것이라오.

그러니 나는 나무가 본성에 맞게 자라도록 주었을 뿐이지
내가 어찌 나무를 무성하게 하고 크게 할 수가 있겠소.

자신이 존재한다는 바로 그 사실에
한 번도 놀라보지 않은 사람은
가장 위대한 사실을 놓치고 있는 것입니다.
꾸미거나 덜어내지 말고 본성을 지켜 살아가는 것
우리들의 가장 아름다운 모습일 수 있습니다.

|||||

매일 날이 좋으면 사막이 됩니다

매일 날이 좋으면 사막이 됩니다.
비바람은 거세고, 귀찮은 것이지만
그로 인해 새싹이 돋습니다.
전대련 전 YMCA 회장님의 말씀입니다.

지리적 용어로 사막은 년 강수량이 250mm 이하 지역을 의미합니다.
강수량보다 증발량이 많은 지역을 의미하기도 하지요.

흐르는 강물처럼

어느 해는 1년 동안 비가 한 방울도 내리지 않을 때도 있습니다.

농사를 짓거나 텃밭을 일구는 사람은
날씨에 관심이 많아질 수밖에 없습니다.
비가 너무 많이 와도 걱정이고 비가 내리지 않아도 걱정이지요.

지루한 장마가 계속되거나 천둥 번개를 동반한 폭풍우가 몰아치면
햇살 좋은 날을 희구하게 됩니다.
그러나 매일 좋은 날만 계속된다면 사막이 될 수밖에 없습니다.

우리네 인생도 마찬가지가 아닐까요?
어쩌면 좋은 일보다는 힘들고 어려운 일이 사람을 키웁니다.
눈물 젖은 빵을 먹어보지 못한 사람과는 인생을 논하지 말라고 한 말
씀도 있지요.

밭에 아무리 좋은 씨를 심었다고 하더라도
비가 내리지 않으면 싹이 돋아나지 않습니다.
삶을 잘 살아내려면 인생의 비바람도 필요한 것입니다.
좌절하지 않고 잘 이겨낸다면 맑은 날이 올 테니까요.

그리고
한때는 숲과 늪지었던 사막엔 석유가 많이 묻혀있습니다.
겉만 보고 판단할 일이 아니란 말씀이지요.

삶의 방향

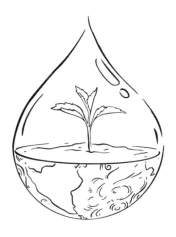

우린 바람의 방향을 바꿀 수 없지만 돛의 방향은 조절할 수 있습니다. 결국, 삶의 방향은 바람이 아니라 돛에 의하여 결정됩니다. 때론 바람이 우리를 공격하기도 하지만 결국, 우린 바람을 이용하여 목적지까지 갈 수 있는 것이지요.

||||||
풀잎 향기

지금은 실명을 사용하고 있지만, 이전에 한메일의 닉네임은 풀잎 향기였습니다.
꽃잎에 비하여 풀잎이 무슨 향이 있을까마는
화려한 꽃잎에 비하여 수수하기 그지없는 풀잎에 더 정이 갑니다.

숲은 먹이사슬이 지배하는 사회입니다.
중요한 것은 숲에 사는 애벌레들은
꽃잎을 먹고 자라는 것이 아니라 풀잎을 먹고 자라납니다.

이는 꽃잎이 미래를 준비하는 열매의 전초 과정이기 때문에
꽃잎이 먹히면 안 되는 식물의 고도의 생존 전략일 수도 있지만
꽃잎이 너무 얇아 먹을 것이 없거나
먹더라도 영양가가 없거나
아니면 맛이 없거나
일부 독성을 가지고 있을는지도 모릅니다.

꽃잎은 화려하여 주목을 받을는지는 몰라도
그 생존 기간이 너무나 짧고
진한 향을 발산하지만
가까이하기엔 너무 짙은 감이 없지 않습니다.

풀잎은 겸손함과 순수함의 상징입니다.

모남을 갈고 닦아 둥글게 만들어

자신을 드러내지 않고 세상과 동화(同化)되는 삶과도 같지요.

풀잎이 있어야 꽃도 필 수 있는 것이고, 열매도 맺을 수 있는 것이니

세상의 초석은 주목받지 못하는 풀잎입니다.

아무렇게나 놓인 돌도 그 아래 작은 생물을 보듬어 키워냅니다.

그저 여기 나고 저기 자라 존재감이 떨어진다고 해도

그 빛이 바래지 않는 것이 풀잎입니다.

풀잎 향기…, 참 멋있는 닉인데….

내가 쓴 글에 대해 조금이라도 책임감을 갖고자 요즘은 실명을 쓰고 있습니다.

사용하지 않으니 점점 잊혀가는 안타까움이 있어 글로 남겨봅니다.

|||||

경마장의 말

머리에 모심고 처음으로 올림픽파크 안에 있는 경마장에 가 본 적이 있습니다.

각종 정보와 루머가 신문에, 쪽지에, 귓속말에, 오고 가는 눈빛에 실려 번들거리는 욕망을 분출하고 있었습니다.

삶의 방향

경주가 끝날 때마다 환호와 비탄, 짜증과 욕설이 난무하는 세상은
이제껏 내가 살아온 세상과는 달라도 너무 달랐습니다.

경주마는 눈의 옆에 가림막을 해 놓습니다.
좌우를 보지 말고 오직 앞만 보고 뛰라는 것이지요.
조금이라도 속도를 내고자 하는 인간들의 꼼수가 숨어 있습니다.

그래서 경주마는 좌우를 볼 수 없습니다.
오로지 앞만 보고 달릴 수밖에 없습니다.
우리는 한 가지 일에 심취하는 것을 몰입이라고 표현합니다.
몰입교육이 한 시대를 풍미한 적도 있지요.

하지만 인생은 자동차를 운전하는 것과 같아서
좌우를 볼 수 있어야 함은 물론
뒤를 볼 수도 있어야 합니다.

사람에겐 일거리가 필요한 만큼 휴식도 필요한 것입니다.
기계도 쉬지 않고 사용하면 고장 나기 마련인데
사람이야 오죽하겠습니까?
자동차는 빨리 가기 위해서 만들어진 기계장치이지만
중요한 것은 가속페달이 아니라 브레이크입니다.
멈추고자 할 때 멈출 수 없다면 큰 사고로 이어지기 때문이지요.

이제껏 앞만 보고 달려온 인생이라면
잠시 쉬어 여유를 갖고 돌아온 세월을 반추(反芻)해 보아야 합니다.
사랑하는 사람, 찾아봐야 하는 지인, 돌봐야 하는 것들….
모두가 앞만 보아서는 쉽사리 보이지 않는 것들이니 말입니다.

‖‖‖‖‖
돼지는 하늘을 보지 못합니다

야생의 돼지가 인간에게 길들은 것은
인간이 한 곳에 정착하여 살게 된 농경 생활의 시작과 관련이 있습니다.
기원전 6,000년 전부터 돼지와의 동거가 시작된 것이지요.

그런데 돼지는 하늘을 보지 못한다고 합니다.
돼지는 목 근육과 골격 구조상 목이 아래로 향해 있기 때문에
사람처럼 목을 쳐들 수 있는 구조가 아니라서
하늘을 볼 수 없다는 것이지요.

그 이유로 땅을 잘 파는 것이며 그래서 감자와 고구마 같은
뿌리 식물을 좋아하는 것입니다.
저녁 먹고 아내에게 돼지가 하늘을 보지 못한다고 했더니
만약 돼지가 하늘을 보면 코에 물이 들어가기 때문이라는 새로운 해
석을 늘어놓아 한참을 웃었습니다.

삶의 방향

돼지가 하늘을 보지 못한다고 해서 이상하거나 불쌍하게 생각할 필요는 없습니다.

하늘을 봐야만 세상을 잘 먹고 잘사는 것은 아니기 때문이며

모든 것을 알아야만 행복에 가까이 갈 수 있는 것은 아니기 때문입니다.

돼지는 자신이 하늘을 볼 수 없다는 사실에 대하여

불행하게 생각하거나 불편해하지 않습니다.

자신의 먹거리는 땅에 존재하지 결코 하늘에 있는 것이 아니기 때문이기도 하지요.

내가 가진 것을 남이 갖고 있지 않다고 해서 함부로 판단해서는 안 되는 것이며

모든 사람이 다 할 수 있는 일을 특정인이 하지 못한다고 해서

업신여기거나 얕잡아 보아서는 안 되는 것입니다.

돼지에게 하늘은 생존엔 아무런 의미가 없는 것처럼

평범한 사람에게 특수한 기능 또한 의미가 없습니다.

만약 나와 너무 다른 것이 많아 스트레스로 작용한다면

서로의 가치관이 다를 뿐이라는 넓은 마음을 가질 필요가 있습니다.

자랑의 심리

"어제 춘천에서 양구까지 30분에 끊었어…"
평소 40분 걸리는 거리를 빨리 도착한 것에 대한 자랑입니다.
그건 '내 운전 실력이 남들보다 월등하거든'이란 심리가 깔려있습니다.

그리 바쁠 것 없는 인생인데도
위험천만한 것을 감수하고 단축한 얼마 되지 않는 시간은
그리 자랑스러운 것 같지 않은데 말입니다.

얼마 전에 개그콘서트에서 연변 개그라는 것이 유행한 적이 있습니다.
그 한 토막을 실어봅니다.

오늘은…, 부자 얘기하고 있슴다.
저희 연변에선~~ 10억 원 미만의 부자들은
고조 쪽팔려서 얼굴도 못 들고 다님다.

고조 30억 원 이상쯤은 되아야 아…, 조고이 돈 좀 뿌리갔구나 함다.
만 원짜리도 돈이라고 쓱쓱 써대는 거 보면 적잖이 귀엽슴다.

50억 가진 부자들 아파트 가보셨슴까?
안방에서 건넌방 갈라치면 고조 킥보드로 한참 굴려야 갈 수 있슴다.

목욕탕은…, 고조 목욕탕이라고 부르지도 않습다.

욕조 안에 들어가서 자유형에서 배영, 평영까지

하다가 대가리 내밀면 아즉도 나갈라면 멀었습다. 스킨스쿠버 장비는 갖추어야 고조 힘 안 들이고 헤엄칠 수 있습다.

80억 가진 부자들 보셨습까?

갸들은 벤츠, 비엠떠블유아니면 차로 쳐주지도 않습다.

갸들 집 앞에 어쩌다가 SM5 주차되어있으면 '아~, 오늘 과외교사 오는 날이구나~.' 함다.

고조 가끔가다 프라이드가 미친 듯이 주차되어 있을 때도 있습다.

고롤 땐 너무 놀라지 마시라요. 중국집에서 깐풍기 배달온 검다.

압구정 현대백화점 가보셨습까?

명품매장마다 쏙쏙 알부자들이 박혀있는 것이~ 아주 재밌습다.

고조 "불이야~!" 소리 한 번 지를라치면 매장마다 억! 억!

거리면서 튀어나오는 거시 아주 볼만 함다.

어릴 적이었습다!

벌건 대낮에 갑자기 하늘이 어두워지는 것이었습다!

그러더니 하늘에서 눈도 비도 아닌 것들이 시커멓게 쏟아지는 것이었습다!

전 지구의 종말이 온줄 알았습다!

아니었습다!

그것은!

1,000억 원짜리 부자들이 그날 쓰고 남은 돈을 아파트 옥상에서
500백 원짜리로 바꿔서 마구마구 뿌리고 있는 것이었습다!

과장과 자랑을 버무려 웃음을 촉발하는 유머이지요.

듣는 사람이면 누구나 꾸며댄 이야기임을 알기에 문제 될 것이 없는
거짓이기도 하구요.

인간은 사회생활을 하면서 무언가 남보다 나은 것을 희구하고
내세우고 싶은 경향을 보입니다.

특히 남들보다 못하다는 생각이 들면 그 보상심리로 더욱더 자랑하게
되지요.

돈은 있되 교양이 없는 사람들의 대부분은
온갖 명품으로 도배하기 좋아하는 경향을 보입니다.

또한, 집 자랑, 돈 자랑, 배우자 자랑, 심지어 사돈의 8촌까지 끌어내어
자랑을 해야만 직성이 풀리는 사람들이 있습니다.

이들 대부분은 빈 깡통이거나 반도 덜 찬 깡통이어서 시끄럽지만 알
맹이는 없습니다.

교만은 쉬워도 겸손은 어렵습니다.

겸손하다고 해서 비굴해지는 것은 아닙니다.

오히려 교만한 사람이 더 비굴해질 가능성이 큽니다.

삶의 방향

침묵으로 일관해도 흔들림 없는 산처럼

꾸미지 않아도 아름다움을 잃지 않는 청초한 들꽃처럼

그대 있는 그대로가 참으로 멋스럽다는 것을 잊지 않았으면 하는 생각이 듭니다.

||||||

매의 발톱론

채근담에는 다음과 같은 내용이 있습니다.

매의 서 있는 모습은 마치 졸고 있는 것 같고

범의 걸음걸이는 병든 듯하다.

이것이 사람을 움켜잡고 물어뜯는 수단이 된다.

그러므로 군자는 자신의 총명을 나타내지 말고

재능을 드러내지 말지니

그렇게 해야 큰일을 맡을 역량을 갖춘 사람이 되느니라.

속담에 "능력이 있는 매는 발톱을 감춘다."라고 했습니다.

실력 있는 매는 사냥할 때 공격하기 직전까지 발톱을 감추어

상대를 방심하게 한다는 뜻입니다.

자신의 역량을 함부로 드러내면 큰일을 할 수가 없습니다.

평소 말이 많고 재능을 자랑하던 사람이
유사시에는 무기력한 사람이 많고,
반대로 평상시엔 말이 없고 조용하던 사람이
사태가 발생했을 때 조직력과 통솔력을 발휘하여
큰일을 해결하는 경우가 많습니다.

격투기를 배우는 사람 중에서 가장 위험한 시기는
초단을 땄을 때라고 합니다.
실력도 없으면서 얕은 능력을 자랑하다 당하는 경우가 많다는 것이
지요.
무술이 4, 5단이 되면 남과 함부로 다투지 않습니다.
웬만한 것은 양보하고 져주는 경우가 많지요.

중요한 것은 발톱에 있습니다.
발톱이 없는 것하고 발톱을 감추는 것하고는 차이가 큽니다.
우린 발톱을 잘 갈고 닦아야 합니다.
그것이 감추어져 있다고 하더라도 외연으로 풍기는 위엄과 포스가
잘 길러진 발톱에서 나오는 것이며, 그것이 삶을 깊게 해주기 때문입
니다.

삶의 방향

IIIIII

들풀에게 배우기

식물의 성장이 절정에 다다를 무렵에
지난해 묶어 놓았던 나무 단이나 우거진 덤불 아래
햇빛 실조로 인하여 연녹색 모습의
연약한 싹이 힘겨운 생명을 이어가고 있는 모습을 봅니다.

식물에게 있어 햇볕은 가장 중요한 영양소 중의 하나입니다.
그리하여 좀 더 햇빛을 차지하고자 하는 노력이 치열하게 나타나지요.
중력에 반하여 하늘을 향해 열심히 성장하는 이유도
하늘이 좋아서가 아니라 햇빛 사랑의 결과이고요
삼밭에 자란 쑥이 다른 쑥에 비하여 비교할 수 없도록
크게 자란 이유도 속사정은 햇빛 사랑에 있습니다.

들풀이 좀 더 많은 면적에
햇빛을 접촉하고자 최선을 다해 노력하지만
햇빛을 탐하여 자리를 옮기는 일은 없습니다.

어찌 보면 있는 위치에서 최선을 다하되
꼼수를 부리거나 지나친 욕심을 부리지 않는다는 것이지요.
어쩌면 그것이 녹색 식물이 지구를 뒤덮게 된
가장 큰 이유일는지 모릅니다.

중국 전국시대에 진나라 혜왕이 촉나라를 치기 위해 계략을 짰습니다.
혜왕은 촉나라 왕이 욕심이 많다는 것을 알아냈지요.
즉시 흙으로 소를 빚어 배 속에 황금과 비단을 채워 넣고
'쇠똥의 금'이라 칭하고 촉나라 왕에게 예물로 보냅니다.

이 소문을 들은 촉왕은 보석의 소를 맞이할 길을 만들고
예를 갖춰 받기로 하지요.

혜왕은 보석의 소와 함께 장병 수만 명을 촉나라로 보냈습니다.
촉왕은 문무백관을 거느리고 도성의 교외까지 나와서 이를 맞이합니다.
그러나 갑자기 진나라 병사들이 숨겨놓은 무기를 꺼내 촉을 공격하여
결국, 왕은 사로잡히고 나라는 망하게 됩니다.
작은 것을 탐내다가 큰 것을 잃은 소탐대실(小貪大失)의 원문이랍니다.

존재하는 곳에서 행복을 찾는 작은 들풀처럼
소탐대실의 이야기는 지나친 욕심을 버리라는 지혜를 일깨워주지요.

||||||

가까운 것을 귀하게

중국의 창허3호가 달에 착륙하는 데 성공했다고 합니다.
우주의 관점에서 볼 때 달은 지구와 붙어 있습니다.

중국은 그 달 착륙에 성공한 나라의 대열에 낀 것이지요.

별이 아스라이 멀듯이 우주로 향한 인간의 꿈은
어쩌면 무모한 도전일는지도 모릅니다.
지구와 가장 가까운 별일지라도
상상할 수 없는 속도인 광속으로 가더라도 4년이나 걸리니 말입니다.

인류가 개발한 여러 가지 이동 수단을 가진 기계장치 덕분에
먼 거리까지 가는 데는 큰 어려움이 없어진 것만큼은 틀림없습니다.
하지만 주변을 보면 손만 뻗으면 다가갈 수 있는
가까운 거리의 이웃은 더 멀어진 느낌이 많습니다.

정작 중요한 것은 멀리 있는 대상이 아니라
가까이 있는 것인데
먼 것만을 소원한 나머지 가까운 것을 외면하는 경우가 많다는 것이
지요.

한자에 귀곡천계(貴鵠賤鷄)란 말씀이 있습니다.
고니는 귀하게 여기고 닭은 천하게 여긴다는 의미입니다.
즉 멀리 있는 것을 귀하게 여기고
가까이 있는 것을 천하게 여긴다는 세상의 인정을 말하는 것이지요.

하지만 귀이천목(貴耳賤目)이라는 말씀도 있지요.

귀로 듣는 것은 귀하게 여기고 눈으로 보는 것은 천하게 여긴다는 뜻
이지요.

가까운 것을 귀하게 생각하고, 먼 데 것은 천하게 여겨야 한다는 것입
니다.

정말 소중한 것은 먼 곳에 있지 않습니다.

사랑하는 가족, 친구, 동료, 이웃….

모두 가까이 있는 사람들이지요.

먼 곳에 신경 쓰느라 가까운 것을 놓치는 어리석음을 범하면 안 되는
이유입니다.

|||||

일생(一生)

우리는 인생을 표현할 때 일생(一生)이라고 합니다.

이생(二生)이나 삼생(三生)이라는 표현은 쓰지 않지요.

그 이유는 삶이 일회성이기 때문이고

한번 지나가면 돌이킬 수 없는 불가역적인 것이기 때문입니다.

어떤 이유로든지 삶의 막바지에 이르게 되면

누구나 자신이 걸어온 길을 되짚어 보게 됩니다.

기쁨과 즐거움도 많았겠지만

삶의 방향

생의 마지막엔 아쉬움과 미안함을 토로하는 사람들이 많습니다.

죽음을 목전에 둔 사람들은
더 넓은 평수에 살았더라면
더 많은 돈을 모았더라면
좀 더 높은 권좌에 올랐더라면 하는 부와 권력에 기초한 후회를 하는
것이 아닙니다.

조금만 더 같이 시간을 보내 주었더라면
조금만 더 관심을 기울여 주었더라면
조금만 더 사랑해 주었더라면….
이러한 관계에 기초한 후회를 하게 되지요.

우리네 인생이 중요한 이유는
연습이 없는 늘 실제상황이라는 무게감에 있는 것입니다.
아침에 꽃을 보았다면 그 순간의 아름다움에 심취하는 것이
멋진 인생을 살아가는 방법입니다.
우리는 일생(一生)을 살기 때문이지요.

우리가 돌이킬 수 없는 것 중에 대표적인 것은 시간과 젊음입니다.
문제는 그 좋았던 시간과 젊음을 다 보내기 전까지는
그 가치를 잘 알지 못하는 늦은 깨달음에 있는 것이지요.

빌리브란트의 사과

1970년 12월 독일의 수상 빌리브란트는 폴란드를 방문합니다.

히틀러가 폴란드를 침공하여 무고한 시민과 유대인을 무참히 학살한

아픈 역사가 있는 나라이지요.

폴란드 국민들은 독일군의 군홧발 소리와 잔혹상을 떠올리며 몸서리

치는 사람들이 많아

대부분은 독일 수상을 반감 어린 눈초리로 보고 있었습니다.

그 빌리브란트가 폴란드 국민이 나치에게 고통받았던 대표적인 장소인

국립묘지에 헌화하고자 섭니다.

폴란드인은 나치의 압제를 경험한 터라 적성국가의 수상이

신성한 기념탑에 헌화한다는 사실조차도 인정하려 하지 않았습니다.

드디어 빌리브란트가 위령탑 앞에 섭니다.

경건한 마음으로 헌화하고 천천히 뒤로 물러났습니다.

이제 끝났다고 기자들이 철수할 채비를 하던 순간에

빌리브란트는 잠시 묵념하는듯하더니 털썩 무릎을 꿇습니다.

현장에 있는 사람들은 빌리브란트의 갑작스런 행동에 놀랐습니다.

그는 차가운 바닥에 무릎을 꿇고 굵은 눈물을 흘렸습니다.

2차 세계대전 당시에 독일군이 저지른 범죄에 대한 진심 어린 사과인

것이지요.

빌리브란트는 나치에 복무한 사람이 아닙니다.
직접적인 책임은 없었지만 독일 수상으로서 책임을 통감하고
진심 어린 사과로 새로운 역사의 서막을 열어갑니다.

세계의 언론들은 그때의 일을 이렇게 표현합니다.
"무릎을 꿇은 것은 한 사람이지만 일어선 것은 독일 전체였다."

불행하게도 동아시아에서는 이러한 역사를 경험하지 못합니다.
뻔뻔하고 반성할 줄 모르는 일본을 이웃에 두고 있다는 것은
역사적으로 슬픈 일임에는 틀림이 없습니다.

요즘 애플데이(Apple Day)를 운영하는 학교가 많습니다.
화해와 용서의 운동이 그것이지요.
진정한 용기는 잘못을 과감히 인정하고 용서를 구하는 것이며
진정한 관용은 용서를 통해 상대를 끌어안는 것인데 말입니다.

||||||

미래 상담사

한 10여 년 전에 형수에게 등 떠밀려 남한산성 아래

점집을 찾아간 적이 있습니다.

두 평 남짓한 골방에 신통력을 인정받아 예약을 해야만 만날 수 있다는 도사는

사주와 이름만 적었을 뿐인데도

지나온 개인의 역사를 족집게처럼 이야기하는 것이

차마 믿기지 아니하였습니다.

사주팔자를 통계학이라고 치부하기엔 너무나 정확한 그의 발언 앞에

생면부지의 도사가 한 20년은 같이 살아온 것 같은 착각에 빠지기도 했지요.

점술가, 관상학자, 사주풀이 등등 미래를 예견할 수 있는 사람들을

점쟁이라는 표현보다는 '미래상담사'라고 부르기도 합니다.

인간은 누구나 미래에 대한 막연한 불안을 갖고 있습니다.

돈을 투자해서라도 자신의 미래를 엿보고 싶어 하는 심리가 강한 이유이지요.

대부분 사회가 불안하고 미래가 불확실할수록 미래상담사를 찾는 경우가 많습니다.

그래서 금광을 찾아 헤매는 노다지꾼이나

어디를 파야 탄을 많이 캘 수 있는지를 잘 알기 어려운 탄광촌….

이런 곳에 절이나 점집이 성행하곤 합니다.

삶의 방향

그리고 국회의원처럼 선거를 통해 선택을 받아야 하는 불확실성을 가진 사람들이 많이 찾아오곤 하지요.

우린 일이 잘 안되거나 궁지에 몰렸을 때 팔자론을 들먹거리는 경우가 많습니다.
'재미로 보는'이란 수식어가 앞에 붙어 있긴 하지만
사주나 관상쟁이의 말을 귓등으로 흘려듣는 사람은 많지 않습니다.

Ready Made 인생이고
이미 만들어진 길을 가는 것이라고 생각하면
우리 삶이 얼마나 단순하고 허망할까요?
사주팔자 이전에 우리가 인생을 적극적이고 성실하게
최선을 다하여 살아왔는가를 먼저 생각해야 합니다.

미래상담사,
토정비결 및 사주팔자 등 신년 운세에 바쁜 1월입니다.
긍정적 자기 예언으로 삶에 도움을 줄 수 있다면 나쁘진 않겠지만
자기 스스로 인생의 중심에서 적극적으로 살아가는 것이
참으로 중요함을 깨달을 필요가 있습니다.

||||||
연말 정산

연말 정산을 하느라 국세청 연말정산 간소화 서비스에 들어갔습니다.
지난 1년간의 소비활동이 1원까지 물샐틈없이 정리되어 있는 것을 보면서 세상이 참 무섭다는 생각을 했습니다.

물론 편안함은 좋았지만
나의 일거수일투족이 보이지 않는 손에 의해
기록되고 계산되고 정리되고 통계처리 된다는 것이
그리 유쾌하지만은 않았습니다.

항목 중에 기부금이 있었습니다.
1년 동안 벌은 금액에 비하여 깨알같이 적은 기부금을 보고
그동안 글 쓰고 말한 것에 대한 괴리가 커
스스로 심각하게 반성하고 있습니다.

말끝마다 어머니를 언급하며 아주 효자인 것 같이 행동한 아들이
집의 차디찬 골방에 어머니를 방치한 것과 같으며
잘 키운 딸 하나 열 아들 안 부럽다고 가족계획을 홍보하고 다닌 사람이
자신의 집엔 딸을 일곱이나 낳은 경우와 같이 느껴져
부끄럽기 그지없습니다.

삶의 방향

말하고 표현하는 것의 쉬움에 비하여
그것을 책임지고 실천하는 것의 어려움을 봅니다.
길거리에서 구걸하는 장애인을 보았을 때
측은지심보다는 앵벌이를 하는 것이 아닌가 먼저 의심했고
놀이터에 모여 담배 피는 청소년들을 보았을 때
가르치고 훈계하기보다는 에둘러 가던 길을 재촉하는 경우도 있었고
이웃을 사랑해야 한다고 말해왔으면서도
옆집에서 큰 소리로 싸우고 물건 깨지는 소리가 나도
나와 상관없는 것으로 치부하고 살아왔음을 반성합니다.

웃음이 인생을 풍부하게 하고 노화를 방지하며
세상을 환하게 만든다는 것을 말해왔으면서도
온화하지 못하고 경직되게 살아온 것 역시 반성할 일입니다.

연말정산서를 앞에 두고
세금을 되돌려 받는 것과 더 내야 하는 것에 관한 관심보다도
지나온 세월을 정산하는 것 같아
지우고 싶은 부끄러운 자화상 앞에 마음이 무겁습니다.

매년 이맘때는 좀 더 반성거리가 줄었으면 하는 소망을 적어봅니다.
샬롬!

작은 것이 아름답습니다

일본의 최북단인 섬 홋카이도를 다녀왔습니다.
위도가 높고 태평양 연안이라 습관적으로 눈이 내렸습니다.
우리가 가던 전날도 폭설이 내려
사람 키를 덮는 눈의 정취를 실컷 맛보았습니다.

추운 지방이라 소나무와 전나무 같은 침엽수림이 많았는데
눈의 무게에 축축 늘어진 나뭇가지가
설국의 멋스러움을 한 아름 선물해 주었습니다.

좀 값이 나가는 정원수는 장대를 세우고
나뭇가지를 끈으로 묶어 눈의 무게를 견딜 수 있도록 해 놓았더군요
그러니까 나뭇가지를 부러뜨리는 것은 강한 비바람일 수도 있겠지만
많은 시간을 두고 조용히 내리는 조그만 눈송이라는 것이지요.

한겨울에 가장 위험한 것은
눈과 추위가 만들어 놓은 미끄러운 길과
지붕에서 떨어지는 눈 더미와 고드름
그 조그만 눈송이가 쌓이고 쌓여서 일으키는 눈사태입니다.

조그만 것들이 세상을 바꿉니다.

조그만 친절이 이웃을 바꾸고

조그만 배려가 세상을 바꾸고

조그만 웃음이 인생을 바꿉니다.

시인 김춘수는 다음과 같이 노래합니다.

　　秋夕東山花矮微/추석동산화왜미

　　小者美也昔不知/소자미야석부지

　　望七悽然凉氣寒/망칠처연양기한

　　懷顧踏行不醜美/회고답행불추미

한가위 동산에 핀 조그맣고 보잘것없는 꽃들

작은 것이 아름답다는 걸 예전엔 미처 몰랐네.

칠십을 바라보는 쓸쓸한 마음 서글픔이 가슴에 찬데

지나온 길 돌이켜보니 추하고 아름다운 게 따로 없구나.

오늘 하루를 돌이켜봅니다.

　시간이 지나면 기억나지 않을 작은 일들로 채워져 있는 일상일 뿐이

지요.

　그러나 그 작은 일상이 모여서 인생이 됩니다.

잔도(棧道)를 불태워라

잔도(棧道)는 사람이 접근하기 어려운 벼랑에다 만든 길을 말합니다.
벼랑의 바위를 깎아서 만든 경우도 있지만
대부분은 벼랑에 구멍을 뚫고 나무를 박은 다음 그 위에 널빤지를
깔아서 사람이 다닐 수 있도록 만듭니다.

좁고 위험하기 그지없으며, 그 길이 아니면 드나들 수 없기 때문에 군
사적, 경제적으로 매우 중요한 위치를 차지하고 있는 것이 잔도입니다.
옛날에는 문명을 이어주고, 사랑이 오고 가고 정이 싹트는 길이었지만
삼국시대에는 인간의 탐욕을 위한 전쟁의 통로로 이용되었고
현재는 관광객을 노린 돈벌이를 위한 시설로 이용됩니다.

초한지를 보면 천하를 장악한 항우에게 패배를 인정하고 촉으로 쫓겨
갔던 한고조 유방의 고사가 나옵니다.
유방은 항우의 압력에 의하여 나는 새도 넘기 힘들다는 촉 땅으로 들
어가면서 스스로 되돌아 나오는 잔도(棧道)를 불태웁니다.
천하에 욕심을 버렸다는 뜻으로 항우를 안심시키고자 하는 이유이지요.

그리고는 대장군 한신의 계책에 따라 병사를 단련시키고
물자를 비축하여 철저히 전쟁을 준비하였고 천하의 인심을 얻어
불과 5년 만에 초를 멸하고 중국을 통일하게 됩니다.

삶의 방향

잔도를 불태우는 것은 돌아갈 길을 없애는 행위입니다.

돌아갈 곳이 없다는 것은 어찌 되었든 현재 상황에서 최선을 다해야 함을 의미합니다.

고려대 법대에 합격하고도 서울대에 진학하기 위하여 자퇴를 선택한 학생과도 같지요.

휴학이라는 제도를 통해 돌아갈 수 있음에도 돌아갈 여지를 남겨놓지 않은 것은 자신을 채찍질하는 최선의 방책일 수 있습니다.

나날이 잔도를 태우는 처절함으로 살아갈 수는 없을지라도 큰 목표를 두고 현재에 최선을 다하려는 노력과 장치는 의미 있는 것이니까요.

||||||
살아있는 땅

대대로 안정된 노년기 지형에 살아왔던 우리는
땅이 살아있다는 느낌을 별반 가질 수 없습니다.
하지만 환태평양 조산대에 걸쳐있는 일본은
많은 곳에서 수증기를 뿜어내기도 하고
융기화산으로 산의 높이가 변하기도 하며
활화산의 용암 분출로 지형이 바뀌기도 하고
없었던 섬이 새로 생겨나기도 합니다.

전체적으로 보면 역동적으로 볼 수도 있겠지만
매우 불안정하고 불안하기 짝이 없습니다.
지진으로 많은 사람들이 생명과 집을 잃습니다.
그런데 이러한 핸디캡이 토목공사의 발전을 가져왔고
내진 설계를 통한 건축물의 안정성에 있어서는
세계 최고의 기술을 갖게 합니다.

파도가 일지 않는 적도 부근의 나라에서는
선박 건조기술이 발달하지 못합니다.
또한, 위대한 선원 역시 만들어지지 않지요.
거친 바다가 있어야 극복할 수 있는 힘도 길러지는 것입니다.

우리가 생각하는 장애물이란 극복될 수 있다면 위대함의 원천이 될 수 있습니다.
산투성이의 척박한 땅에서 돈벌이를 위해 젊은이들을 용병으로 보내야 했던 슬픈 역사가 있는 스위스가 운반이 용이한 시계와 칼을 명품으로 만들었듯이 환경적으로 실내 생활이 많았던 이탈리아가 가구를 명품으로 만들었듯이 극복할 수 있는 장애는 위대함의 다른 이름입니다.

회복탄력성은 자신에게 닥친 역경을 도약의 발판으로 삼는 힘입니다.
성공은 실패가 없는 것이 아니라 시련을 극복한 상태를 의미합니다.
떨어져 본 사람만이 올라갈 방향을 알 수 있는 것이고
움츠린 개구리가 멀리 뛸 수 있는 것입니다.

삶의 방향

오늘이 힘들다고 좌절하지 말아야 할 큰 이유이지요.

||||||
일이관지(一以貫之)

지구 상엔 70억이 모여 살고 있다고 합니다.
그러면 꿈의 가짓수도 70억 개일 것이고
행복의 가짓수도 70억 개일 것입니다.

우린 같은 시대, 같은 공간에 살고 있는 것엔 틀림이 없지만
개개인이 특별하게 다가오는 것은 이 다름에서 연유합니다.

너른 들녘이 한 가지 꽃으로 가득 차 있는 모습도 장관일 수 있지만
여러 가지 꽃들이 오밀조밀 아기자기하게 어울려 있을 때에
좀 더 큰 아름다움을 느끼게 됩니다.

초원에서 여름 내내 같은 비를 맞더라도
모두 똑같이 자라는 것은 아닙니다.
이런 차별적 특성이 개체를 구분하는 중요한 요인이 됩니다.

그런데 우린 있는 그대로의 모습을 볼 수 없습니다.
선입견과 색안경, 심리적 편견이 사물을 보는 시야를 흐리기 때문입

니다.

　공자님은 吾道 一以貫之(오도 일이관지)라고 했습니다.

　처음과 끝이 같은 일관의 의미로 널리 사용되지만

　하나로 사물을 꿰뚫는다는 의미 속에는

　道라는 변치 않고 확고한 자기로서의 심미안과

　심리적 차별이 없는 균형 잡힌 잣대를 갖고 있어야 한다는 의미가 들

어있습니다.

　*吾道 一以貫之(오도 일이관지)

　공자가 증자와의 대화에서 한 말로 "나의 도는 하나로서 통하는 것이

다."라고 한 말에서 유래한 말씀입니다.

　우린 차별적 다름 속에 살아가고 있지만

　선택과 판단 앞에 공평을 잃어서는 안 됩니다.

　그것이 道에 좀 더 가까운 삶을 살아가게 하는 것이니까요.

‖‖‖‖

낮 별

　日, 月, 星 이 세 가지는 하늘에 떠 있어

　뭇 사람들의 숭배와 경외, 선망과 기복의 대상입니다.

우린 낮달이란 표현은 쓰지만, 낮별이란 표현은 쓰지 않습니다.

낮달은 태양이 떠 있을 동안에도 주의를 기울이면 육안으로 쉽게 볼 수 있지만

낮별은 아무리 주의를 기울여도 낮에는 전혀 볼 수 없기 때문입니다.

낮엔 별이 뜨지 않는 것이 아닙니다.

항상 있는 곳에 변함없이 떠 있지만

인간의 유한한 눈의 식별기능이 인지하지 못할 뿐인 것이지요.

그런 경험이 고착화되면 낮에는 별이 안 뜬다고 쉽게 믿어버리게 됩니다.

존재하는 현상으로서의 사물은 건재한 것인데

그것을 인지하는 능력이 부족하기 때문에 생기는 일이지요.

우리가 사는 세상에도 쉽게 드러나지 않기 때문이라는 이유로

또한 너무나 당연한 것이기 때문에

인식 영역 밖에 놓인 진실이 많습니다.

교실에서 공부를 못하는 학생과 지속적으로 부딪치다 보면

못하는 것을 당연시하게 되고

그것이 고착화되면 가르치기를 포기하게 됩니다.

세상엔 일부러 못나고 싶은 사람은 없습니다.

낮에 뜬 별처럼

어쩌면 이들의 능력이 태양에 가려져

빛을 발하지 못할 뿐일 수도 있는 것인데 말입니다.

삶은 만남입니다.
누구든지 아직 발현되지 않은 낮달 하나쯤은 가지고 있습니다.
개개인을 소중히 여기고 존중해야 하며 새로움으로 함께해야 할 이유
입니다.

|||||

겨울나무가 햇살의 고마움을 압니다

집이 정동향인 까닭에 생긴 습관이 있습니다.
눈부신 햇살 덕분에 늦잠을 잘 수 있는 기회를
박탈당하고 살아온 것이
그 첫 번째이고
넓은 우두벌 뒤, 춘천의 진산인 대룡산 너머로
다소곳이 뜨는 해를 아침마다 맞이할 수 있다는 것이 그 두 번째입니다.

우리 집의 화초가 그나마 명맥을 유지하는 것도
이 동향집의 은공이 아닐까 하는 생각이 들었습니다.

아침이면 거실 깊숙이 들어온 햇살이 따사롭습니다.
날마다 공짜로 주어지는 햇살의 감사함을 잊고 살 때가 많습니다.

삶의 방향

밭을 갈고 씨를 뿌리는 것은 인간이지만
잠자는 씨앗의 심장을 깨우는 것은 부드러운 대지이고
씨앗의 기지개를 켜고 일어나 자라게 하는 것은
대지를 촉촉이 적시는 단비이며
씨앗에 숨결을 불어넣는 것은 빛나는 햇살입니다.

어찌 보면 수고하고 노력한 것은 농부일지 모르지만
모든 것을 보듬고, 키워내고, 열매 맺게 하는 것은
대지와 비와 바람과 햇살입니다.

그래서 조상들은 자연 앞에 풍년을 구가하는 의식을 치러왔고
겸허한 마음으로 농사에 임하며
주신 것에 대한 감사한 마음으로 차례를 지내왔는지 모릅니다.

지금은 겨울
대지의 생명이 겨울잠을 잡니다.
일순간 모든 것이 정지되어 있는 것 같아도
뿌리마다, 줄기마다, 가지마다 봄을 준비하느라 분주합니다.

한파에 시달려본 나무가 햇살의 따스함을 압니다.
인고의 겨울이 없다면 나이테가 생기지 않을 것입니다.
겨울은 생명에 겐 고난의 계절임에는 틀림이 없지만
그 겨울을 잘 이긴 나무가 풍성한 열매를 맺는 법입니다.

||||||
이 웃

이웃을 의미하는 한자는 隣(이웃 린)입니다.
왼쪽의 좌부방은 고을 읍(邑)이라 표현하지요.
원래 오른쪽에 위치해야 하는데 글자의 왼쪽으로 이사를 간 형태이
지요.

그리고 쌀 미(米) 자와 밟을 천(舛)자로 이루어져 있습니다.
즉, 의미를 붙여 해석하자면
쌀을 들고 이 마을 저 마을을 찾아다닌다는
의미가 있는 것입니다.

隣, 즉 이웃이란 글자엔 흉년에 많은 사람들이 기아에 허덕이고 있을 때
얼마 남지 않은 쌀을 나누고자 마을을 찾아다니며
고통을 함께 나누는 옛 조상들의 모습이 보입니다.

遠親不如近隣(원친불여근린)이라고 했습니다.
먼 친척보다 가까운 이웃이 낫다는 말씀이지요.

농사를 주업으로 삼고 삶의 행동반경이 단위 마을에 머물렀을 때
그때의 이웃의 의미를 돌이켜 볼 필요가 있습니다.

삶의 방향

도연명의 귀거래사(歸去來辭)에 다음과 같은 구절이 있습니다.

"문은 비록 설치되어 있지만 항상 열려있다."

문이라는 물리적 공간이 단절을 의미하는 것이 아니라

소통과 정이 오고 가는 통로로써 기능한다는 사실을 알 수 있습니다.

이호우의 「살구꽃 핀 마을」이라는 시조에서도 종장에 이런 말씀이 나와 있지요.

"뉘 집을 들어서면은 반겨 아니 맞으리."

나와 평생 일면식이 없는 사람이라도 하더라도

더불어 베푸는 관계 속에서 찾아지는 행복의 중요함을 노래한 것이지요.

우리나라에서 1인 가족의 비율이 25%가 넘은 지 오래되었습니다.

이웃을 지키기보다 내 가족 지키기에도 힘겨운 세상이 된 것이지요.

이웃이 좋으면 매일 즐겁다.

바다를 격해 있는 형제보다도, 벽을 격해 있는 이웃이 낫다.

가까운 이웃은 부모보다도 가치가 있다.

좋은 집을 살 것이 아니라, 좋은 이웃을 사야 한다.

위 속담 모두 이웃에 관계된 것이고 보면 내용이 훌륭하기 그지없는데 이런 속담이 유물로 남을까 걱정됩니다.

꿀벌 이야기

꿀벌은 왜 시련을 견디며 이 땅에 붙어살고 있을까요?
여권도 필요 없고
비자를 받을 필요도 없으며
비행기 값을 치르지 않아도
자유롭게 세상 여행을 할 수 있는데 말입니다.

아열대나 열대지방으로 날아가면
사시사철 따뜻함이 보장되고
늘 피어 있는 꽃 덕분에 배부름을 구가할 수 있으며
여름내 꿀을 모아두는 수고로움이 없어도
고난의 겨울이 없는 삶을 살 수 있는데도
왜 꿀벌은 이 고난의 땅에서 혹독한 겨울을
인내하고 있는 것일까요?

아열대 지방을 여행하면서 상록수와
한겨울에도 피어 있는 꽃을 보면서 잠시 그런 생각을 했습니다.

어쩌면 고위도에 위치한 추운 지역에 외롭게 피어 있는 꽃들을 위한
신의 섭리인지도 모르고
대대로 살아온 꿀벌의 유전인자에 박혀 있는 삶의 방식 덕택일는지도

삶의 방향

모르지요.

어찌 되었거나 꿀벌은 꽁꽁 얼어붙은 한대지방에도 존재하고
추운 겨울이 한 가닥 하는 온대 지방에도 존재합니다.
꿀벌은 보면서 고난과 인내를 생각합니다.
어차피 겨울은 지나갈 것이고
얼음장 아래에서도 봄이 태동할 것이며
아지랑이 어지러운 대지에 다투어 꽃이 피어날 것입니다.

그 시절이 반드시 온다는 것을 알기에
꿀벌은 오늘도 서로를 보듬고 온기를 유지하며
견디고 있는지도 모를 일입니다.

닭의 모가지를 비틀어도 새벽이 오듯이
현재의 삶이 힘들지라도 반드시 희망의 새벽이 올 것을 믿습니다.

||||||

상대존경 사회

우리말을 잘 살펴보면 문화적 깊이를 느낄 때가 있습니다.
특히 인간관계 속에서의 모습이 그러하지요.

같은 발음이 나면서도 한자가 다른 경우가 있습니다.
매매(賣買: 팔 매, 살 매)가 그러하고
수수(授受: 줄 수, 받을 수)가 그러합니다.

중요한 것은 賣買와 授受 어느 것이라도 내가 먼저 내어주는 것이
앞쪽에 위치한다는 것이지요.
팔거나 주는 것이 우선이고 사거나 받는 것이 후자라는 것은
상대방을 깊이 존경하지 않고는 있을 수 없는 일입니다.

피아지간(彼我之間)이나 물아일체(物我一體)라는 말씀도
저것이나 물건이 우선이고 나는 뒤에 위치합니다.
상대방을 배려하는 것이 우선시되는 것이지요.

언제부턴가 사람들은 자기중심적인 삶을 살기 시작했습니다.
타자와의 관계 속에서 아름답게 익어가야 할 우리들의 모습이
나를 우선시하고 배려심을 잃은 관계 속에서 닫혀 있는 것이지요.

군중 속의 고독이라든가, 대중 속에서의 소외라는 낯선 단어들이
일상적으로 사용되는데 거부감이 없는 사회가 된 것도
이 관계의 상실에서 기인하는지 모를 일입니다.

남을 위해 살라는 말씀이 아닙니다.
그렇게 살기는 너무도 어려운 일이니까요.

삶의 방향

하지만 더불어 사는 것은 상대적으로 쉬울 수 있습니다.

더불어 사는 것!
가장 실천하기 쉬운 것은
나보다 남을 앞에 놓고 생각하는 것입니다.

밝고 흐뭇한 사회가 되는 것은
나를 생각하는 모습이 아니라 남도 더불어 생각하는 데서 오는 것임을
그리하여 행복에 좀 더 다가갈 수 있는 우리가 될 수 있기를
함께 생각해보았으면 하는 아침입니다.

||||||
대만을 다녀왔습니다

광활한 대륙을 포기하고 섬으로 쫓겨 들어간
아픔의 역사를 갖고 있으며
1 언어 2 국가 체제가 존재하여 우리나라와 비슷한 대만을 다녀왔습니다.

세계의 역사에서 분단국가를 남북한으로 한정하여 이야기합니다.
중국과 대만은 같은 뿌리인데도 분단국가로 인식하지 않는 것이지요.

같은 중국어를 사용하지만

깃발을 든 가이드를 졸졸 따라다니는 중국인들은

본토 국민들임에는 틀림없어 보였는데 그 수가 제법 많았습니다.

왕래가 자유롭고 상호 투자가 보장되는 등

두 나라 관계에 있어서 앙금은 찾아보기 힘들었습니다.

대만에 체류하면서 우리의 현실을 돌이켜 보았습니다.

남북한이 대치하고 있는 휴전선에서

양측 철책선이 가장 가깝게 위치하고 있는 곳은 남한의 가칠봉과

북한의 김일성 고지가 서로 마주 보고 있는 양구 해안의 양측 철책선

사이가 아닐까 합니다.

그곳은 남측과 북측이 직선거리로 600미터에 불과할 정도로 가까우

니까요.

대치는 가끔 유치한 장면을 연출하기도 합니다.

1990년대에 북한 쪽은 스탈린 고지와 모택동 고지 사이에 있던

선녀폭포에서 북한 여군들이 알몸으로 목욕을 하여

우리 초병들을 유혹하곤 했습니다.

우리나라도 지지 않고 북한에서 잘 보이는 가칠봉 꼭대기에 수영장을

만듭니다.

1992년엔 미스코리아 수영복 심사를 이곳에서 하기도 했지요.

그때 미스코리아 미를 차지한 것이 탤런트 이승연입니다.

중요한 것은 수영장의 탈의실이 3면이 투명하게 설계가 되었는데
특히 북한 쪽에서는 탈의실이 훤하게 보이도록 했다는 것입니다.

지금도 철조망을 사이에 두고 총구를 겨누며
상호 비방은 기본이고 서로 군비 경쟁은 물론
이산가족마저 만나기 어려운 우리의 현실이
너무나 가슴 아프게 다가왔습니다.

물론 손이 안으로 굽는 특성에서 벗어날 수는 없지만
서로의 다툼엔 일방적으로 어느 한쪽만 잘못을 지적하는 것은 옳지
않습니다.
정도의 차이는 있겠지만 말이지요.

힘 있는 사람만이 용서할 수도 있는 것이고
여유를 갖고 보듬어 줄 수도 있는 것입니다.
좀 더 유연하게 북한을 대해야 할 이유이지요.

‖‖‖‖

합리적 소비

연어가 올라올 철이 되면
곰은 물가에서 하루 종일을 보냅니다.

다가올 겨울을 대비하여 연어로 기름기를 채워야
겨울잠을 잘 수 있기 때문이지요.

목 좋은 곳에 자리 잡은 곰은
배불리 먹고 더 이상 먹을 수 없을 땐
연어의 눈알만 파먹고 버립니다.
가장 맛있는 부위만 먹고 버리는 야생에서 보기 드문 소비 행태를 보
이는 것이지요.

곰은 웅담 때문에 죽고, 호랑이는 가죽 때문에 죽고
코끼리는 상아 때문에 죽습니다.
이 또한 인간의 탐욕이 빚어낸 소비 행태 때문에 일어난 일입니다.

우리가 보석류로 분류하는
다이아몬드, 에메랄드, 루비, 토파즈, 사파이어, 오팔, 옥, 수정, 호박
마노, 산호, 진주 … 등은
인류의 허영심이 만들어낸 허상의 결과입니다.

관광지나 유명한 백화점 등 어느 곳에서나
목 좋은 곳을 차지하고 있는 것은
인간의 허영심을 팔고 사는 보석가게임에는 틀림이 없습니다.

생존에 그리 필요하지 않은 물건들이 희소성을 등에 업고

반짝이고 아름답다는 이유 하나만으로

존재의 의미보다 훨씬 더 비싼 가치를 달고 있는 것이지요.

동물의 시각에서 본다면 길가에 놓인 돌이나 수십 캐럿 하는 다이아몬드가 같은 가치로 보일 것입니다.

그런데 인간은 이 보석 때문에 속고, 속이며 싸우고 심지어 살인까지 저지릅니다.

그들의 눈으로 본다면 인간은 참으로 희한한 종임에는 틀림이 없을 것입니다.

인류가 살아간다는 것은 어찌 되었던 소비의 기반에서 생존하는 것입니다.

어떤 것이 이치에 맞고 합리적인가를 함께 생각할 때이지요.

|||||

경박한 여행자

독일의 대문호 괴테가 살았던 시대는

교통의 발달이 그리 대단하지 못했습니다.

그는 성장하면서 로마에 가 보기를 희구했었지요.

그의 나이 38세 때 드디어 로마를 방문하게 됩니다.

그 문화의 웅혼함에 놀라고 미켈란젤로의 「천지창조」에 큰 감명을 받습니다.

그는 로마를 대충 보고 떠나는 여행자를 경박한 여행자라고 표현합니다.

대만의 고궁 박물관에 다녀왔습니다.

영국의 대영박물관, 프랑스의 루브르박물관 미국의 메트로폴리탄박물관과 더불어 세계 4대 박물관이라고 불리는 곳이지요.

소장품이 많아 6개월마다 순환전시를 하는데, 총 20년은 걸려야
볼 수 있다는 박물관은 볼거리와 느낄 거리가 참으로 많았는데
가이드를 졸졸 따라다니며 두 시간 만에 섭렵(?)하는 놀라운 능력을
보인 저는 경박한 여행자임에는 틀림이 없는 것 같습니다.

기원전부터 내려온 수천 년 역사와 문화유산을
단 두 시간 만에 정리할 수 있는 것이 아닌데 말입니다.
아주 작은 세공품부터 만든 것이 불가사의할 정도로
정교하고 단아한 작품을 보면서
짧은 시간이나마 문화의 품격에 대하여 생각해보았습니다.

현시대를 이끌어 가는 것은 문화입니다.
한류가 대세인 요즘 우리 코드가 세계사에 우뚝 서 있는 것을 봅니다.
우리 것을 남에게 알리려는 노력 이면에는

삶의 방향

우리 또한 남의 것을 존중하고 배려하며
문화에 대한 이해의 깊이를 가져야 합니다.
그런 의미에서 보면 경박한 여행자의 모습이 참으로 초라하게 느껴집
니다.

앞으로 기회가 된다면
그 넓은 공간에 무수히 많은 작품 중에서
감동의 쓰나미를 느낄 수 있고 영혼의 울림으로 다가오는
작품 하나쯤은 마음에 새길 수 있는 진중한 여행자가 될 것을 다짐해
봅니다.

|||||

겸손하기

몽골 대초원을 달리며 말 위에서 세계정복의 꿈을 이룬
칭기즈칸은 다음과 같은 말을 남깁니다.
"내 자손이 비단옷을 입고 벽돌집에 사는 날 나의 제국은 망하리라."
그는 몽골 텐트 게르에서 살면서 검소한 생활로 본을 보였습니다.

그것도 일종의 노블레스 오블리제(Noblesse Oblige)에 해당하는 이야
기지요.
로마의 귀족들은 전쟁이 일어나면 백성들보다 먼저 재산을

국고에 세금으로 바치고자 경쟁했음은 물론, 귀족 스스로 또는 그 자
녀들이 앞장서 전투에 참여하여 희생이 많았기에
500년간 귀족의 숫자가 15분의 1로 줄었다는 통계가 있습니다.

권력과 부에 앞서 책임지는 그들의 모습이 부러운 이유는
우리가 갖고 있지 못한 문화이기 때문일 겁니다.

병역 면제율이 국민들 평균치보다
고위공무원이나 국회의원들의 평균이 훨씬 높다는 사실이
우리를 슬프게 합니다.

오자병법을 남긴 오기는 76차례의 전쟁에서 패한 적이 없는
문무를 고루 갖춘 장수였습니다.
장수 오기는 언제나 지위가 낮은 병사와
똑같은 옷을 입고 똑같은 음식을 먹었습니다.
병사와 같은 막사에서 생활을 하였고
행군할 때도 마차에 타지 않았다고 합니다.
그의 실천적 지도력이 강한 군대를 만드는 초석이 되지요.

권력과 부가 있을 때 스스로 낮은 위치에 처하고
남의 약함을 어루만지며 검소하게 산다는 것은 쉽지 않은 일입니다.
그러기에 더욱 빛날 수 있는 것이지요.

삶의 방향

누구든 사회적 위치가 있을 것이며

크든 작든 위치에서 오는 힘을 갖고 살아갑니다.

순간순간 겸소하고 겸손하게 사는 것이 중요한 이유이지요.

IIIIII
삶의 방향

겨울비 속에서 겨우내 움츠린 대지가 기지개를 켜고 있습니다.

봄이 가장 먼저 잠 깨우는 것은

시냇가의 버드나무입니다.

약간의 붉음으로 탱탱하게 물오른 가지마다

은빛 버들개지를 터뜨린 모습 속에서 봄의 난만한 빛을 느낍니다.

세월이 속이지 않는 것 중의 하나는 계절의 흐름입니다.

북풍한설에 고난의 겨울이 영속될 것 같아도

바람의 방향은 바뀌고 세월은 변화합니다.

바람이 몰고 온 훈풍이 곧 우리 곁에 흐드러진 봄의 모습을 선사할

것입니다.

우린 바람의 방향을 바꿀 수 없지만

돛의 방향은 조절할 수 있습니다.

결국, 삶의 방향은 바람이 아니라 돛에 의하여 결정됩니다.

때론 바람이 우리를 공격하기도 하지만
결국, 우린 바람을 이용하여 목적지까지 갈 수 있는 것이지요.

올림픽이 한창입니다.
경기에는 반드시 Finish Line이나 정해진 규칙이 있습니다.
아무리 스케이팅이나 스키에 능한 선수라도 규칙을 무시하거나
목적지와 방향이 일치하지 않으면 결코 승리할 수 없습니다.

어리석은 일을 하더라도 열심히 하라는 말씀이 있습니다.
하지만 방향성을 무시한 열심은 큰 의미가 없음을
그래서 얼마나 사는가 하는 것보다 어떻게 사는가 하는 것이
의미 있음을 생각합니다.

||||||

나무 이야기

오늘 그늘에서 쉴 수 있는 것은
오래전에 나무를 심어 놓았기 때문입니다.

열대 우림지역을 여행하다 보면
가장 부러운 것은 우리나라의 나무보다 무려 3배 이상이나
쭉쭉 크게 자란 나무입니다.

삶의 방향

동구 밖 마을을 지키고 있는 수호신도
아름드리 느티나무입니다.

그 느티나무 아래에서 마을 사람들의 삶과 애환
사랑과 이별, 기다림과 설렘이 교차되곤 했지요.

나무 그늘에 앉아 있노라면
뜨거운 태양의 열정, 자연의 생명력, 솔솔 부는 바람의 여유를 느낄
수 있습니다.
푸르른 나무그늘은 휴식과 사색, 충전의 시간을 제공하기도 하지요.

일반 건물이 만들어 놓은 그늘보다 나무그늘이 훨씬 더 시원합니다.
그 이유는 나무가 숨을 쉬기 때문이지요.
나무는 광합성을 하면서 산소와 약간의 수분을 배출합니다.
그 수분이 증발하며 주위의 열기를 빼앗아가기 때문에
더 시원함을 느끼는 것이지요.
죽어있는 것과 살아있는 것의 차이가 극명하게 나타나는 예이지요.
나무는 자신을 위하여 그늘을 만들지 않습니다.
큰 나무가 만든 그늘은 많은 것을 품어냅니다.
솔개의 위험에서 어미닭이 병아리를 품듯이
우리도 큰 그늘을 드리워 세상을 품어야 합니다.

뿌리부터 돌보자

바람에 날린 솔씨 하나가 깎아지른 절벽 바위틈에 떨어집니다.
봄이 오고 날이 따뜻해지자 비와 햇살을 머금은 씨앗은
척박한 바위틈에 겨우 뿌리를 내리는 데 성공합니다.

바위틈이라는 척박한 현실은
뿌리를 뻗을 수조차 없는 거친 환경에
조그만 가뭄에도 타는 목마름으로 다가왔습니다.
이 소나무는 아무리 노력해도 낙락장송이 될 수 없습니다.

우린 나무를 볼 때 땅 거죽 위로 솟아나 있는 부분만을 평가합니다.
큰 나무는 그 나무의 넓이와 높이만큼
뿌리 또한 넓고 깊고 튼튼합니다.
궁전의 대들보로 쓰이는 거대한 금강송도
화분에 심어 놓으면 아무리 오랜 세월이 흐른다고 하더라도
난쟁이 분재가 되고 맙니다.

뿌리가 자랄 영역을 미리 가늠해보고
자신의 성장의 한계를 맞추는 나무의 모습은
안분지족의 현자를 닮아 있습니다.
뿌리의 능력을 무시하고 성장했다가는

삶의 방향

고사하거나 꺾이거나 쓰러져 조기에 삶을 마감해야 하는 막다른 골목에 처할 수 있으니까요.

하지만 크게 성장하기 위해서는
따뜻한 햇살과 적당한 온도, 자애로운 빗물도 중요하지만
보이지 않는 뿌리의 저변을 확대하는 것이 무엇보다도 중요합니다.
스스로의 한계에 자신을 가두는 것만큼 어리석은 것은 없습니다.

역사상 최고의 웅변가로 알려진 데모스테네스는
어릴 적 지독한 언어장애와 대인 불안증을 갖고 있었다고 합니다.
하지만 그는 노력과 인내의 힘으로 언어장애를 극복하고
세계에서 가장 웅변을 잘하는 연설가의 대열에 서게 됩니다.

높게 자라고 싶다면 나의 뿌리부터 돌아보아야 합니다.

||||||

진리는 변합니다

언제나 누구에게나 타당하다고 인정되는 보편적인 법칙이나
인식의 내용을 우리는 진리라고 표현합니다.
영구불변하고 항구적 진실을 담고 있어야 할 진리도
시대와 세월에 따라 변하게 됩니다.

우리가 어릴 적에는 몸에 기생하는 이가 많았습니다.
추운 겨울날 어머니는 화롯가에서 내복을 뒤집어
옷의 골에 박혀있는 이를 잡아주곤 했지요.

머리도 예외는 아니어서 참빗으로 빗어 이를 잡거나
이가 낳아놓은 알인 서캐를 잡기도 했습니다.
그이를 잡는데 DDT만큼 특효약도 없었습니다.
강력한 살충효과를 가진 DDT를 온몸에 뿌리는 것은
일상에서 쉬 볼 수 있는 그림이었지요.

하지만 지금은 이도 별로 없지만 DDT를 사용하지 않습니다.
DDT의 유해함이 증명되었기 때문이지요.

우리가 진리에 접근하기 위해서는 내가 알고 있는 지식이
전부라는 착각에서 벗어나야 합니다.
그리고 새로운 정보 앞에 항상 겸손한 자세를 가져야 하지요.

그러니까 세상에서 영구불변한 진리는
'진리는 변한다.'라는 진리밖에는 없을는지 모릅니다.
사람과의 관계에서도 마찬가지이지요.
사랑은 변하지 않습니다.
문제는 사람이 변하는 것이지요.

삶의 방향

너무나 쉬 변하는 사회이기 때문에 의리나 절개 또는

우정이나 한결같음, 처음처럼 같은 단어의 의미가 소중하게 다가오는
지도 모를 일입니다.

IIIIII
정의의 여신

독일을 여행하면서 공원마다 중앙에 서 있는 정의의 여신상을 보았습
니다.

한 손엔 저울을, 한 손엔 칼을, 그리고 눈을 천으로 질끈 동여매고 있
는 모습입니다.

자유의 여신상처럼 정의의 여신상도 여성입니다.

그 이유는 정의에 가까운 것이 그리스의 디케(Dike)라는 여신이기 때
문이지요.

이 여신상을 뜯어보면 정의를 지키기 위한 인간의 노력이 보입니다.

눈을 가리는 띠를 두른 것은 법을 집행함에 있어서 주관성을 배제하여
억울한 사람이 없도록 하겠다는 의미이고, 저울을 들고 있는 것은 행
위의 잘잘못을 정확히 판단하겠다는 것이고, 칼을 들고 있는 것은 법을
엄정하게 집행하겠다는 의지의 표현입니다.

한비자에 다음과 같은 말씀이 나옵니다.

"진정한 지도자는 거울과 저울 같아야 한다."
훌륭한 지도자는 자신의 분명한 정체성과 가치관을 갖고
흔들림 없이 처신해야 함을 나타내는 말입니다.

거울은 사물을 비추는 대상입니다.
그런데 거울이 흔들린다면 사물을 분명하게 볼 수 없습니다.
저울 또한 있는 그대로 일을 처리하는 공평무사를 의미하지요.

지도자는 흔들리지 말고 멀리 볼 수 있는 혜안을 갖춰야 합니다.
요즘 세상을 보면 아이러니하게도
정치인들이 국민들 걱정해야 하는데
오히려 국민들이 정치인 걱정을 하고 있는 모습을 봅니다.

정의란 사회나 공동체를 위한 옳고 바른 도리를 의미합니다.
그런데 우리 사회는 1등과 이익, 부자 되기와 성공이 정의로 인식되는 경우가 많습니다.
심지어 끝까지 살아남는 것이 정의라고 굳은 신념을 갖고 있는 사람들도 있지요.

제대로 된 판단과 사고가 세상을 이롭게 합니다.

삶의 방향

||||||
인생엔 정답이 없습니다

대학을 졸업하면서 내 인생에 더 이상 시험은 없을 것이라고
굳게 믿은 적이 있습니다.
그런데 지천명의 나이테를 쌓고도 시험에서 자유롭지 못한 현실을 봅니다.

대부분의 시험엔 선택지가 주어집니다.
많은 지문 중에서 정답은 하나이지요.
물론 매력적인 오답이 있어 정답률을 끌어내리기는 하지만
아무리 선택지가 매력적이어도 오답은 오답입니다.

우리가 살아가는 삶의 과정에도
수많은 선택지가 앞에 놓여 있습니다.
하지만 그 누구도 정답을 콕콕 찍어 알려주는 사람은 없습니다.
인생엔 정답이 없기 때문이지요.

모든 선택에는 정답과 오답이 공존합니다.
명석한 사람은 선택한 후에 그걸 정답으로 만들어내고,
우매한 사람은 정답을 선택하고도 후회하며 오답으로 만들고 맙니다.

어쩌면 인생에 있어서 오답은 없는 셈입니다.

선택한 것에 대한 노력과 열정에 따라 열매가 달라지는 것이니까요.

세상으로 나 있는 길은 너무나 많습니다.
내가 삶의 정답이라고 믿고 있는 것이 다른 사람에겐 오답일 수도 있습니다.
선택과 집중!
경험과 자기반성의 바탕 속에서 자신의 길을 가는 것
묵묵히, 어리석은듯하지만, 뚜벅뚜벅 황소걸음의 하루하루가
멋진 인생을 만들어줍니다.

||||||

자존심

사랑하는 사람이 홧김에 헤어지자고 해 놓고
자존심 때문에 연락하지 못하고
원치 않는 이별을 하는 커플들이 많습니다.

자존심이란 남에게 굽히지 않고 스스로의 가치나 품위를 지키려는 마음입니다.
그러나 사람들은 자존심을 남에게 무시당하기 싫은 심리 상태라고
생각하는 경향이 많습니다.

　　　　　　　　삶의 방향

우리가 겪고 있는 문제의 대부분은 자존심과 관련이 있습니다.
상대방과 싸움이 일어나는 것도
인간관계가 어색해지거나 힘들어지는 것도 말이지요.
이렇듯 자존심은 우리의 삶과 밀접한 관계를 맺고 있습니다.

즉 자존심을 체면과 연계하여 생각하는 경우가 많습니다.
그러나 자존심은 자아존중감을 갖고 자신의 가치를 스스로 높이는
것을 의미합니다.
그런 의미에서 자존감과 궤를 같이하고 있지요.

자존심이라는 단어에는 '상한다.'라는 단어를 붙여 쓰는 경우가 많습
니다.
만약 체면으로서의 자존심이라면
자존심의 꽃이 떨어져야 인격의 열매가 맺힙니다.

보통 사람들은 자존심은 '내가 잘났어.'라는 의미로
자존감을 '나는 소중해.'라는 의미로 사용하기도 하지만
스스로를 높이는 마음은 같은 것입니다.

인도의 성자 마하트마 간디는 이야기합니다.
"우리가 주지 않는 한 그 누구도 우리의 자존심을 빼앗을 수는 없다."

우리의 자존심은 우리 스스로가 지키는 것입니다.

결국, 자존심은 나하고 한 약속을 지키는 일이기 때문입니다.

세상의 모든 일이 마찬가지입니다.

목표를 세우고 이루어가는 과정에서 자존심과 소신이 생겨나는 것이니까요.

삶의 방향